双葉文庫

口入屋用心棒

傀儡子の糸

鈴木英治

目次

傀儡子の糸　口入屋用心棒

第一章

一

蒸し暑い。

夜も九つを過ぎているというのに、この暑さはいったいなんなのか。

もう六月も十日になろうとしているが、今年はまだ梅雨《つゆ》が明けない。

よもや、と撫養《むや》知之丞《とものじょう》は思った。このまま梅雨が明けずに秋になってしまうということはないだろうか。

蒸し蒸しするのは大嫌いだ。じっとりと粘りつく大気には苛立《いらだ》ちすら覚える。

だがこの蒸し暑さは――と、すぐさま知之丞は考え直した。俺の企《くわだ》てにとっては、むしろ好都合なのではないか。

ひどい蒸し暑さが続くと、人心は荒れるというではないか。犯罪も増えると耳にした覚えがある。

——こうしてぐずついた天候が続いているということは、まさしく天が俺に味方しているにちがいない。今宵の仕込みを終えれば、すべてがうまく運ぶはずだ。

自然に笑いが漏れ出た。

——つまり、この俺の目論見《もくろみ》を邪魔する者は、誰一人としておらぬということだ。

結果を確信した知之丞は、文机《ふづくえ》に置いてある湯飲みを手にし、中身をごくりと飲み干した。

空《から》になった湯飲みを転がさないように文机の上に静かに戻す。文机の上には、とても大事なものがのっているのだ。

よし、と掛け声を発した知之丞は身仕度をはじめ、黒装束《くろしょうぞく》に身を固めた。

黒一色にしか見えない装束に柿色《かきいろ》がわずかに混じっているのは、闇になじむようにとの先人の工夫だ。黒のみでは、油がにじみ出したかのように闇に浮いてしまうのである。

刀架の前に立ち、一振りの刀を見つめた。それは、撫養家伝来の太刀である。

手を伸ばし、太刀をつかんだ。ぞくり、と背筋を雷電《らいでん》のようなものが走る。しばらくその感覚を楽しんだあと、太刀を腰に差した。真っ暗な廊下に出て、屋敷の最も奥に位置する座敷に向かう。

からりとわざと音を立てて襖《ふすま》を開け、知之丞は座敷に足を踏み入れた。十畳ばかりの広さの座敷にはかび臭さがしみつき、糞尿のにおいも漂っている。

座敷は三方が板壁になっており、光はどこからも射し込んでこない。ここも廊下と同じく真っ暗だ。

湿気を含んだ畳の上を進むと、がっちりとした牢格子《ろうごうし》に突き当たった。

「鎌幸《れんこう》――」

牢格子の前で足を止めた知之丞は、座敷牢に監禁した者の名を呼んだ。

「な、なんだ」

寝ていたのか、奥でむくりと起き上がった影がのそのそと立ち上がり、牢格子の前にゆっくりと寄ってきた。

「格段の用はない。だが、そろそろ吐く気になったかと思うてな」

「誰がいうものかっ」

知之丞に向かって、鎌幸が吼《ほ》えるようにいった。

「だが、そろそろ腹が減って死にそうなのではないか。吐けば、飯を食わせてやるぞ」

「死んでもいわん」

「そんなに意地を張るようなことではないと思うがな」

「きさまのような者には、決して教えんということだ」

「そうか。その強情もいつまで持つかな」

腰に帯びている太刀を、知之丞は鞘《さや》ごと引き抜いた。

「実はおぬしに、この太刀を見せてやろうと思って来たのだ」

牢格子に押しつけるようにして、知之丞は鎌幸に太刀を差し出した。

鎌幸は夜目《よめ》が利くという。この闇の中でも、伝来の太刀は見えているだろう。

うっ、と息をのんで鎌幸が目をみはったようだ。それから知之丞に顔を向ける気配があった。

「きさまが何者か知らんが、よいか、その太刀は邪剣《じゃけん》だぞ」

牢格子を両手でがっちりとつかんだ鎌幸が憎々しげに吐き捨てる。

「たわけたことをいうな」

一喝するや、再び太刀を腰に帯び、知之丞はすらりと引き抜いた。座敷には一条の光も入ってきていないのに、日光を浴びたかのように刀身がぎらりとした輝きをみなぎらせる。

その光り方は尋常ではない。まるで刀身自体が熱を帯びているかのようだ。

やはりすごい。知之丞の口から、ため息が漏れ出た。いつ見ても素晴らしい出来としかいいようがない。身も心も刀身に吸い込まれそうな心持ちになってくる。

――さすがは三人田《さんにんだ》よ。いったいこれのどこが邪剣だというのだ。

鎌幸も声をなくし、目を大きく見開いて三人田を凝視しているようだ。

――しかし、まさか三人田が双子だったとはな。

光り輝く刀身を鞘にしまい入れて、知之丞は首を左右に振った。前にそんな噂は聞いたことがあったものの、信じはしなかった。まさか真実だとは、つゆほども知らなかった。

同じ刀工によって三人田が二振り打たれたことを知った今、なんとしても、もう一振りを手に入れたい。知之丞はその衝動を抑えきれない。

――三人田が二振りそろえば、途方もないことが起きるのではないか。俺はこの世で並ぶ者のない最高の力を得ることができよう。

知之丞はそんな気がしてならない。

——少なくとも、途轍《とてつ》もない力を手に入れることになるのはまちがいなかろう。

今宵、知之丞は三人田を腰に差して他出したい誘惑に駆られたが、その思いを押し殺した。

今夜は、この古今無双の名刀は必要ない。

「ではな。吐く気になったら声を上げよ。いつでも構わぬぞ」

軽く手を上げた知之丞は素早くきびすを返した。牢内に鎌幸を残し、座敷を出る。

自室に戻って三人田を刀架にのせ、その下にかかっている長脇差に手を伸ばした。

長脇差を腰に帯び、行灯《あんどん》を吹き消して自室を出た知之丞は暗い廊下を足早に進んだ。

つと右手の部屋の気配が動き、襖が横に動いた。暗闇の中、目に鋭い光を宿した一人の男が敷居際に立っている。

「典兵衛《てんべえ》か」

足を止め、知之丞は目の前の男を見据えた。寺内《てらうち》典兵衛のがっしりとした顎《あご》がわずかに動き、口が開かれた。

「お頭《かしら》、お出かけですか」

低い声できいてきた。

「うむ、出かけてくる」

どこへ、と典兵衛はきかない。今から知之丞がなにをしに行くか、解しているのだ。

「お頭、今宵も供は必要ありませぬか」

「いらぬ。昨夜と同じだ」

「承知いたしました」

身を引き、典兵衛が頭を下げる。

「行ってまいる」

「お気をつけて」

うむ、と答えて知之丞は廊下を進んだ。身じろぎすることなく典兵衛が見送っているのを背中で察した。

屋敷の裏口にやってきた知之丞は三和土《たたき》で草鞋《わらじ》を履き、板戸をからりと開けた。圧倒されるような深い闇が立ち込めている。

しかし、闇は知之丞の友垣《ともがき》のようなものだ。いつでも手助けをしてくれる。

裏庭を歩き出した知之丞の体に、蒸し暑い大気がじっとりとまとわりついてきた。

鬱陶《うっとう》しいことこの上ないが、この蒸し暑さも事の成就《じょうじゅ》への手助けと思えば、気持ちよいくらいではないか。

それにしても、と知之丞は星のない空を見上げた。曇っている割に空が妙に明るいのは、なにゆえか。

雲上に顔を出しているはずの月のせいなのか。それとも、天変地異の前触《まえぶ》れか。

そうかもしれない。天変地異となれば、ますます人心はすさむに相違ない。

――やはり天はこの俺に味方しておるのだ。

胸を躍らせて知之丞は、草木の生い茂る荒れた裏庭を足早に横切った。

一丈ばかりの高さの築地塀《ついじべい》に突き当たったが、ひらりと跳躍し、あっさり乗り越えた。

狭い道に音もなく飛び降りる。そこに人の影は一切ない。

土を蹴り、知之丞は軽やかに走り出した。風を切る感じが心地よい。身につけている黒装束が闇に躍っているのが、はっきりと伝わってくる。まさしく生き返った気分だ。先祖から受け継いだ血が、今も脈々と息づいているのを感じる。

ほとんど人《ひと》けの絶えた江戸の町を、知之丞はひたすら駆け続けた。夜の町を鬼魅《きみ》のように疾駆する知之丞を止めるすべを持つ者は、今この場に一人としていない。

武家屋敷が建ち並ぶ一角を、知之丞は走り抜けた。これまで辻番は数え切れないほどあったが、詰めている者のほとんどは年寄りで、居眠りをしている者ばかりだった。むろん起きている者もいたが、知之丞の姿を目にしたのは一人としていないだろう。

やがて知之丞は、優に二十間もの幅を持つ堀にぶつかった。堀には黒々とした水が満々とたたえられている。

江戸城の外堀である。

堀を挟んだ向こう側には、屋根のついた巨大な門が見えている。あれは一橋《ひとつばし》門だ。

一橋門に限らず、江戸城のすべての門は、この刻限はがっちりと閉まっている。開くのは明け六つになってからだ。空が白みはじめるまでまだ二刻以上はあるだろう。十分過ぎるほどだ。

腰から鞘ごと抜いた長脇差を知之丞は頭にのせ、下《さ》げ緒《お》を使って顎のところでかたく結わえつけた。これで長脇差が頭から滑り落ちてしまうようなことはない。

堀際に歩み寄り、知之丞は足を静かに堀に入れた。さらに、水にどっぷりと身を預け、向こう岸を目指して泳ぎはじめる。

堀の水はひんやりとしているが、じめっとした大気から解き放たれて、むしろ気持ちよいくらいだ。

波を立てないように外堀を渡り切った知之丞は眼前にそそり立つ石垣に手をかけ、登りはじめた。

石垣の高さは三丈ばかりか。その上に白壁が設けられ、瓦屋根がのっている。

石垣を登りきった知之丞は白壁に自らの影が浮かぶことのないように気をつけ

つつ足を踏ん張り、黒装束の水気をかたくしぼった。

黒装束から水がしたたっていないのを確かめてから両手にはめた鉤爪《かぎづめ》を使って白壁をよじ登り、その上の屋根に取りついた。

腕の力で一気に体を引き上げ、屋根の上に腹這いになる。鉤爪をしまい、眼下をのぞき込んだ。

広い道の向こう側に水をたたえた内堀が見えているが、あれは大手堀と呼ばれているものだ。

広々とした道に番兵などの影がないのを見て取った知之丞は、頭にのせてある長脇差を腰に差し直し、屋根から飛び降りた。

闇の中、一人佇立《ちよりつ》し、あたりを見回す。すでに江戸城内に入ったといってよい。広い道沿いに宏壮《こうそう》な武家屋敷が並んでいる。いずれも譜代の大名屋敷である。

知之丞は大手堀沿いの道を駆けはじめた。

六町ばかり南に走って足を止める。大手堀を挟んだ右手に、うっすらと見えているのは大手門である。

——俺がいくら凄腕だからといっても、こんなにたやすくここまで来られるなど、千代田城の警固は甘いとしかいいようがないな。

大手門を抜けてしまえば、二の丸はすぐそこである。その先は本丸だ。

もっとも、知之丞には大手門に向かう気はない。南側に建つ、畳蔵《たたみぐら》と呼ばれる巨大な蔵の陰に入り込んだ。

よどんだ水のにおいが鼻を突く。畳蔵の南には、和田倉堀《わだくらぼり》が横たわっているのだ。畳蔵には、江戸城で年末に行われる畳替えのための新しい畳がしまわれているという話である。江戸城全体の畳だから、いったいどれだけの数の畳がしまわれていることか。

和田倉堀に寄り添うように、辻番所の明かりが見えている。あの辻番所にも年寄りが詰めているのはまちがいないが、こっくりこっくりと船を漕いでいるにちがいない。

再び腰の長脇差を頭に結わえつけ、知之丞は和田倉堀に身を沈めた。

和田倉堀は十間ばかりの幅でしかなく、すぐに対岸へと着いた。

瞬時に石垣を登りきった知之丞は、ここでも黒装束の水気を切り、屋根のついた白壁を素早く乗り越えた。

降り立った場所は、会津松平《あいづまつだいら》家が公儀より預かっている屋敷のすぐ横で、長い塀が続いている。左側に、江戸城の和田倉門の黒い影が見える。

いま知之丞が足を踏み入れたこの場所は、江戸城の西の丸下である。

長脇差を腰に差し直した知之丞は、塀沿いに動きはじめた。

次いで目の前にあらわれたのは会津松平家の上屋敷だが、一瞥《いちべつ》をくれることもなく通り過ぎる。

馬場沿いの道を右に折れ、なおも三町ほど足を運んで知之丞は立ち止まった。

——うむ、無事に着いたか。

長屋門が闇の中、立ちはだかるように建っている。この屋敷には下見に何度か来たことがある。

いっそうのいかめしさを漂わせている武家屋敷だが、それは、老中首座をつとめる内藤紀伊守《ないとうきいのかみ》の役宅ゆえ当然かもしれない。前の老中首座だった水野伊豆守《みずのいずのかみ》忠豊《ただとよ》が病を理由に退任してから、すでに一年半以上が経過している。

忍び込む先が老中首座の屋敷だからといって、ためらいなど知之丞には毛ほどもない。心中で深くうなずいて左手に動き、両手を伸ばして跳躍した。

がっしりとした長屋門の庇《ひさし》をつかんだ次の瞬間、体を海豚《いるか》のように反転させ、ひらりと塀の上に乗った。

膝立ちになった知之丞は、眼下に広がる庭を見やった。

奥まった場所に建つ母屋には、明かりがいくつか灯《とも》されている。それ以外に明かりらしいものは見えない。

母屋には宿直《とのい》の任についている者が何人かいるようだが、緊張感を抱いている者は一人もいないようだ。

――それも当たり前であろう。

まさか江戸城の懐内《ふところうち》ともいうべき老中首座の役宅に忍び込もうとする者がこの世にいるなどと、だれ一人考えていないからだ。

降り立つや知之丞は庭を横切り、母屋に近づいていった。

身をかがめて縁の下《えんのした》に入り、蜘蛛《くも》の巣を破りつつ前に進んでいく。

中庭に出ると、わずかに風が吹き、知之丞は心地よい涼しさを感じた。

軽く息をついてから鉤爪をつけると、母屋の板壁を伝って屋根に上がり、瓦をはがした。屋根板を外し、そこから天井裏に忍び込んだ。

内藤紀伊守の寝所《しんじょ》はここから遠くない。知之丞は、これまで大名屋敷には何度も忍び入っている。どこも造りは似たようなものだ。

次から次とあらわれる蜘蛛の巣をちぎり捨てるようにして天井裏を進んだ。

すでに、屋敷の表と奥とを仕切る境目は過ぎている。ここから先は、江戸城でいえば、大奥に当たる場所である。

起きている者の気配がしてきた。これは、と知之丞は思った。内藤紀伊守を守る二人の宿直の気配であろう。

宿直からさらに奥のほうに、二人の気配がしている。こちらは気配の弱さからして、眠っているようだ。

そのうちの一人は、内藤紀伊守でまちがいないだろう。もう一人は側室か。それとも、正室ということは考えられるか。

大名間では本人同士の意志など斟酌《しんしゃく》されずに婚姻が行われるが、内藤紀伊守は正室との仲がむつまじいという噂を、知之丞は聞いている。もしそれが本当ならば、希有《けう》な夫婦といってよい。

鉤爪を外した知之丞は天井裏をなおも進んだ。

二人の宿直の真上を過ぎ、しばらくしてから動きを止める。

――ふむ、ここだな。

真下が内藤紀伊守の寝所である。

静かに天井板を外し、知之丞は寝所の様子を見た。

眼下で眠っている男は、小さな顔に丸い鼻、大きな耳という特徴を有している。紛《まぎ》れもなく老中首座の内藤紀伊守である。

同衾《どうきん》している女は、側室と呼ぶには、やや歳がいっているようだ。どう見ても正室であろう。仲むつまじいとの噂は真実だったようだ。

二人ともぐっすり眠っており、内藤紀伊守は軽くいびきをかいている。

――この分なら、まず目を覚ますまい。

天井板の隙間からそっと体を出すや知之丞は畳に音もなく飛び降りた。片膝立ちになり、内藤紀伊守と正室の様子をうかがう。

二人の男女の寝息に変わりはなく、寝返り一つも打たない。

厚みのある布団で眠る二人に近づいた知之丞は、黒装束の懐《ふところ》から油紙の包みを取り出した。かたく巻いてある糸をほどいて、油紙を開く。出てきたのは小さな壺《つぼ》である。七味唐辛子入れの瓢《ひょう》簞《たん》ほどの大きさだ。

外したばかりの糸を垂らし、先端が内藤紀伊守の唇に触れるか触れないかというところで小壺の栓を開けた。

小壺を傾けると、中の液体が糸を伝って内藤紀伊守の半開きの口元にとろとろと静かに流れ込んでいく。

小壺の中身のおよそ三分の一が、内藤紀伊守の喉《のど》をゆっくりと通り抜けていった。

――このくらい飲ませれば十分だ。ふむ、正室のほうにもやっておくか。

知之丞は、正室にも同じように液体を飲ませた。

小壺に栓をして油紙で包み、糸でぐるぐる巻いて懐に戻す。

小壺の中の液体は、撫養家に古くから伝わる眠り薬である。彩明《さいみん》という名がついており、もともとは催眠からきていると聞いている。

彩明の効き目が如実にあらわれたようで、二人ともさらなる深い眠りに落ちていったのが、知之丞にはわかった。

内藤紀伊守からはいびきが消え、安らかな寝息を立てはじめている。正室のほうは、かすかに笑みを浮かべている。よい夢でも見ているのだろう。

――ここまで熟睡すれば、頃合いだろう。

内藤紀伊守と正室に向かい、知之丞はくぐもった声で呪文を唱えた。それを十度、繰り返す。

――これでよし。

彩明の効果もあって、内藤紀伊守と正室の脳味噌の奥深くに呪文の意味はしっかりと伝わったはずだ。

本来ならば術をかけるのは老中首座のみでよいのだが、正室にもかけたのは、仲のよい女房の言葉を亭主はことのほかよく聞くものだからだ。念には念を入れたのである。

——これで仕込みは終わった。さて、帰るとするか。

心中でうなずき、知之丞は立ち上がった。ひらりと跳び上がり、外したままの天井板の隙間に体を入れる。

天井板を元に戻すや、真っ暗な天井裏を進みはじめた。

再び中庭に降り立ち、知之丞は母屋の床下に入り込んだ。ほどなく表庭に出た。庭を突っ切り、塀に跳び乗る。

目の下を走る道を見やった。相変わらず闇は濃く、人の姿も影もない。ただ今も、空はほのかに明るいままだ。

——あれはいったいなんなのか。

見上げて知之丞は首をひねった。雲の上にある月のせいではないようだ。やはり天変地異の前触れなのか。

塀を飛び降りた知之丞は、往路と同じように江戸城の二つの堀を渡り、濡れた着物を厭《いと》うことなく夜の町を駆け抜けた。

走りながら、すべての仕込みが手はず通りであったかどうか、頭の中で確かめた。

昨夜は若年寄の板岡駿河守《いたおかするがのかみ》の屋敷に忍び込み、内藤紀伊守と同様に術をかけた。ほかにも、幕府の要人の何人かに同じことをした。

これまで多くの者に術をかけてきた。かけ漏らした者は一人もいないはずだ。遺漏《いろう》はない、と知之丞は確信した。これで万事うまくいく。

揺るぎのない自信を抱いて自邸に帰り着いた知之丞は、典兵衛の出迎えを受けた。

「お帰りなさいませ」

丁寧に頭を下げてきた。

「典兵衛、起きておったのか」

「はっ。お頭、水浴びをなさいますか」

「うむ」

典兵衛に導かれて、知之丞は裏庭にある井戸に向かった。

井戸端で長脇差を腰から外し、立木に立てかける。湿った草鞋を捨て、黒装束を脱いで彩明の小壺を典兵衛に渡した。下帯も取り、知之丞は真っ裸になった。

典兵衛が釣瓶《つるべ》で水を汲《く》み、知之丞の頭の上から、ざぶんとかける。

大量の水が、勢いよく汚れを洗い流していく。あまりの気持ちよさに、知之丞はため息が出た。

この屋敷にあるのはくりぬき井戸で、ひじょうにいい水が湧いているのだ。この水で茶を点《た》てると、最高の味になる。

繰り返し、釣瓶の水を浴びる。そのおかげで、よどんだにおいが知之丞の体からさっぱりと払われた。

「典兵衛、もうよい」

笑みを浮かべて知之丞は制した。

「はっ」

腰を折った典兵衛が釣瓶を元の位置に戻す。

「これをどうぞ」

典兵衛が、一枚の手ぬぐいをうやうやしく差し出してきた。

それを受け取った知之丞は体を拭き、長脇差を手に持った。裸のまま屋敷内に入り、廊下を進んだ。後ろを典兵衛がついてくる。

この屋敷は以前は商家の別邸だった。それを知之丞は、ただ同然で手に入れたのだ。

「お頭、それがしはこれにて失礼いたします」

自室の前で足を止め、典兵衛が頭を下げた。

「うむ、ゆっくり休め」

とはいっても、もうあと半刻ばかりで夜は明けるのではあるまいか。

はっ、と典兵衛が深く一礼した。それを見やって、知之丞は再び廊下を歩きはじめた。

この屋敷には、典兵衛を初めとして二十人の配下が暮らしている。

精鋭といっていい者たちである。これまで知之丞が鍛えに鍛えてきたのだから、それも当然であろう。

知之丞と一対一で戦って勝てる者はまだ一人もいないが、集団でかかってこられたら、勝負の行方はわからない。配下たちはそこまで強くなった。

――こたびの企てに、必ずや役に立つはずだ。

自室に入った知之丞は、長脇差を刀架に戻した。三人田をじっと見る。手に取りたかったが、やめておいた。

今は寝ておいたほうがよい。三人田を手にしたら、目が冴えて眠れなくなってしまうだろう。

——三人田といえば、鎌幸はどうしておるかな。

なんとなくあの男のことが気になった。さらってから何日かたったが、鎌幸はへこたれることを知らない。口を割る気配がまったくないのだ。今も生気を失っておらず、今夜も糞尿のにおいが濃く漂う、あの座敷牢でぐっすり眠っているのではあるまいか。

——あのたくましさは、俺も見習うべきかもしれぬ。

暗闇の中、知之丞は寝巻を身につけた。押入から布団を出して畳に敷き、横になる。

これからすべてがはじまる。しかしながら、今の知之丞には、すでに達成感がある。

——今宵ぐらい、満ち足りた思いを味わってもよかろう。明日からまた、気持ちを引き締めていけばよいのだ。

ほう、と息をついて知之丞は目を閉じた。

この分なら、すぐに眠りに落ちそうだ。

だが、知之丞には一つだけ気がかりがあった。それが棘《とげ》のように心を刺す。

——あの件はうまくいくだろうか。

目を開けて、知之丞は眼前の闇を見つめた。

うまくいってほしい。

だが、果たしてどうだろうか。

不安が頭をよぎる。

——大丈夫だ。なにも案ずることはない。

自らにいい聞かせたものの、目が冴えてきたのを知之丞は感じた。

我慢がきかなくなって起き上がり、行灯に火を入れる。

部屋が明るくなり、壁際の文机がほんのりと照らし出された。

二

むっ、と顔をしかめた。

「珠吉《たまきち》、あそこでなにか起きているようだね」

忠実な中間《ちゅうげん》に向かって声をかけた樺山富士太郎《かばやまふじたろう》は、半町ばかり先を指さし、すぐさま足を速めた。

「ええ、ずいぶんと人が集まって、なにやら騒いでいるようでやすね」

うなずいて、すぐさま珠吉が富士太郎の斜め後ろにつく。

「また喧嘩でしょうかね」

少しげんなりしたように珠吉がいった。

「うん、そうかもしれないよ」

富士太郎は、まちがいなくそうだろうね、と確信を抱いて駆けだした。

「喧嘩や諍《いさか》いが最近、やけに多いですねえ」

珠吉がぼやくようにいった。その声に元気がないように感じ、富士太郎は振り向いて珠吉の顔をさりげなく見た。珠吉は顔を紅潮させ、一面に汗をかいているが、別に息苦しくはないようだ。

――今のは、たまたまそう聞こえただけかな。汗のかき方は、おいらも珠吉と似たようなものだろうね。

足を運びつつ富士太郎は、わずかばかりだが安堵《あんど》の思いを抱いた。

――しかし、息苦しいほどに暑いね。まったくどうにかならないものかね。

おまけに、走ったせいで全身が焚き火にでも当たったかのように暑くなり、さらに汗がどっとふきだした。

「旦那、あっしのことなら心配いらねえですよ。あっしは暑いのは大好きですからね。この程度の暑さは、友垣みたいなものですよ」

野次馬たちのつくる人垣まで、あとほんの十間ばかりだ。

「珠吉は、冬の寒さをおいらが心配すると、寒いのは大好きだっていうし、夏になると暑いのは大好きだって必ずいうねえ」

「でも旦那、あっしは嘘はいってやせんよ」

駆けながら珠吉が胸を張った。

「あっしは夏の暑さも冬の寒さも大好きですぜ。ですから、どんなに暑くても寒くても、へこたれることなんて、決してありゃしませんや」

「珠吉はこの暑さにも、まいっていないというのかい」

「正直いえば、少しだけまいってやすよ」

苦笑して珠吉が本音を漏らした。

「でも、旦那が心配するほどのことじゃありやせん」

「確かに珠吉の顔色はいいものね。つやつやしているよ。珠吉の顔つきがいつも穏やかなのは、心身ともに健《すこ》やかだからだろうね。その健やかさの秘訣を、江戸の者に伝えることができたら、今のとげとげしい世の中を変えることができるかもしれないよ」

「あっしには秘訣なんてありゃしやせんよ。腹が減ったら食べて眠くなったら寝る。酒はほどほどにして、というところですかね。そんなことよりも、早く梅雨が明けることのほうが、このすさんだ世態《せたい》を変える一番の良薬じゃないですかねえ」

「本当だね。江戸の者たちがひどく殺気立って喧嘩っ早くなっているのは、じめじめむしむしの天候が続いているせいだろうからね」

富士太郎と珠吉は、わいわいと騒がしい人垣のそばにやってきた。

てめえ、ぶっ殺してやる、とか、おめえこそ息の根を止めてやるからな、と物騒な声が聞こえてくる。

「やはり喧嘩のようでやすね」

あきれたように珠吉が顔をしかめる。

「うん、そうだね」

また喧嘩かい、と富士太郎は思ったが、こうまでひどい蒸し暑さが続いたらそれも仕方ないのかもしれないねえ、と改めて考えた。今日は何日ぶりかで晴れあがったが、江戸の町はここ何日も鬱陶しい雨続きだった。

とはいえ、ろくに風はなく、蒸し暑さが地表にうずくまったかのように滞《とどこお》っており、陽射しの強さと相まって、朝から過ごしにくいことこの上ない。

じっとしているだけで、汗が体中からにじみ出てくる。

「しかし珠吉、このところ、おいらたちは喧嘩の仲裁ばかりしているような気がするね」

気長な富士太郎といえど、こうも喧嘩の仲裁ばかりだと、さすがにうんざりせざるを得ない。ほんの半刻ばかり前にも、町人同士の諍いを止めに入ったばかりなのだ。

昨日も見廻りの最中、喧嘩が三件あり、富士太郎は当事者たちをこんこんと諫《いさ》めている。

「だからといって、喧嘩を止めないわけにはいかないねえ」

あきらめの思いを言葉に込めて富士太郎は珠吉にいった。

「ええ、まったく旦那のいう通りで」

うなずき合って富士太郎と珠吉は人垣を割り、前に進んだ。

道の真ん中で目つきの悪い二人がにらみ合い、なにやら凄んでいた。今にもつかみ合いをはじめそうな雰囲気だ。

すさんだ顔つきや身なりからして、二人ともやくざ者ではないか。歳も似通っており、三十前後というところか。

一人はやせており、もう一人はがっしりとした体格をしている。二人とも体を鍛えているようで、筋肉の張りがすばらしい。

——やくざ者のくせに、なんでこんなに立派な体をしているんだい。

富士太郎は不思議でならなかったが、出入りなどに備え、できるだけ鍛錬《たんれん》を積んでいるのかもしれない。やくざ者にも、いろいろといるのだろう。

「やめときな」

二人の前に立ちはだかり、富士太郎は静かな声音で告げた。仲裁に入った者がいきり立ってはしようがない。

「喧嘩なんて、するだけ損だよ」

「邪魔立てするねえ」

がっしりとしたほうが吼えるようにいったが、そこに立っているのが町方同心だと気づいて、あっ、と口を開け、畏れ入ったような顔つきになった。

「こっ、これは、お役人」

両手を膝に置き、がっしりとした男がぺこりと頭を下げた。

「いったいどうしたんだい。なにがあったのさ」

富士太郎は、がっしりとした男にきいた。

「なに、あっしが歩いていたら、こいつがわざと肩を当ててきたんでさ」

そういうと、やせた男を憎々しげににらみつけた。

「なんだと」

口をひん曲げて、やせた男が息巻く。

「嘘つくねえ。おめえが俺にぶつかってきたんじゃねえか」

「嘘をついているのは、おめえじゃねえか。おめえがわざわざ方向を変えて、俺のほうにふらつくように寄ってきたんだろうが」

「ふらついたのは、てめえだよ」

「おめえだよ」

二人がまたにらみ合い、取っ組み合いをはじめそうになった。

「やめときな」

二人に向かって、富士太郎は厳しい口調で命じた。

「喧嘩なんてしたって、つまらないよ。あとで後悔するだけだからね」

「この馬鹿をとっちめねえでいられるかい。このまま引き下がって後悔するのは俺のほうでえ」

がっしりとした男をにらみつけ、やせた男が富士太郎に意気込んでみせる。

「おめえ、本当に殴られてえみてえだな」

腰をずんと落とし、がっしりとした男が凄んだ。

「この俺に殴られたら、おめえ、本当に死ぬかもしれねえぞ」

がっしりとした男が右腕を折り曲げ、たくましい筋肉を見せつける。

「てめえなんかに殴られてたまるかよ」

やせた男が顔を突き出し、せせら笑う。

「肉のかたまりみてえな体をしているだけで、いかにも動きが鈍そうなくせによ」

「もういい加減にしときな」

拳を振り上げた富士太郎は、やせた男の額を、こつん、と叩いた。

「あっ、いたたたた」

悲鳴を上げるや、やせた男が頭を抱え、しゃがみ込んだ。

「痛えよ、痛え。頭が割れそうだ」

やせた男があまりに大仰《おおぎよう》に痛がるから、富士太郎のほうが驚いた。がっしりとした男は、なんともだらしねえや、といいたげに嘲笑《ちようしよう》している。

「えっ、そんなに痛かったかい」

富士太郎はやせた男にたずねた。

「痛えに決まってるだろう」

頭から手を離し、立ち上がるや、やせた男が目を怒らせて富士太郎をにらみつけた。

「てめえ、ぶっ殺してやる」

やせた男が、富士太郎の耳が痛くなるような大声でがなり立てた。

「嘘じゃねえぞ。俺をこんな目に遭わせやがって、てめえを必ずあの世に送ってやるからな、覚悟しとけ」

「おい、てめえら」

やせた男の前に珠吉がずいと立った。眉間《みけん》にしわをよせて、男をねめつける。

「俺の大事な旦那に、なんていう口のきき方をしやがんだ。俺が、おめえの性《しよう》根《ね》を叩き直してやる」

「性根を叩き直すって、なにをする気だ。俺を番所にでも引っ立てようっていうのか。俺は別にそれでもかまわねえぞ。出るところに出ようじゃねえか」

「番所に引っ立てるなんて、生やさしいことはしねえ。いいか、こうしてやるんだよ」

腕まくりをして珠吉が足を踏み出し、拳を高く振り上げた。今にもやせた男を殴りつけそうだ。

「珠吉、やめておきな」

手を伸ばして、富士太郎は珠吉を制した。それを見て安心したのか、やせた男はさらに気炎《きえん》を上げた。

「町方だろうがなんだろうが関係ねえ。二親《ふたおや》にも手を上げられたことのねえ俺を殴りやがって、決して許さねえからな。必ずぶっ殺してやる」

口から泡を飛ばすようにして、やせた男が富士太郎にいい募《つの》る。その目には意外な迫力がひそんでおり、もしかすると口先だけではないと富士太郎に思わせるのに十分なものがあった。

しかし、町方同心として、そんなものを恐れてはいられない。

「おまえ――」

富士太郎は珠吉の前に出て、やせた男に強い眼差しを注いだ。

「名はなんというんだい」

「うるせえ、おまえなんかに俺さまの名をいうことはねえ」

「おまえにも二親がいるんだから、ちゃんとした名があるんだろうけどさ。おまえ、本当に二親に殴られたことがないのかい。もしそれが本当だったら、そいつは不幸だったね。殴ることはよくないことだけど、本当に悪いことをしたときは必要だよ。小さい頃からおまえがちゃんと二親にしつけられていたら、こんなふうに性根も腐らず、愚かな半端者《はんぱもの》になることはなかったはずだ。残念だったね」

「愚かな半端者とはなんでえ」

やせた男が息巻く。

「おまえのことだよ。わからないのかい」

真剣な顔で、富士太郎は決めつけるようにいった。

「俺は半端者なんかじゃねえぞ」

「おまえね、いつまでもぐだぐだいってると、本当にしょっ引くよ。番所に行ったら、殴られるだけじゃすまないよ。なにしろ敲《たたき》刑《けい》になるからね。敲刑にも軽敲と重敲があるけど、おまえは重敲だろうね。重敲になると、笞《むち》のようなもので背中を百回も敲かれることになるよ。それでもかまわないのかい」

それを聞いて、一瞬、やせた男が怯《ひる》みを見せた。

「笞のようなものだと。や、やれるものならやってみな」

「よし、わかった」

腹に力を入れ、富士太郎はやせた男に近づこうとした。すると男が後ろに素早く下がり、へっ、と富士太郎を馬鹿にしたように小さく笑った。

「てめえのようなあほ同心に捕まってたまるもんかい。じゃあな」

さっと身をひるがえし、やせた男が雑踏を駆けはじめる。

「あの野郎っ」

鋭く叫んだのは珠吉である。

「旦那に向かってなめた口をききやがって。許さねえ。引っ捕らえてやる」

土を蹴り、珠吉が駆け出そうとする。

「やめときな、珠吉」

珠吉の肩をつかみ、富士太郎は押しとどめた。

「あんなのは放っておけばいいよ。この暑さ続きで、きっとおかしくなっちまったんだよ。かわいそうなやつなのさ。だから、捕らえる必要なんかないよ」

「さいですかい」

珠吉は、やせた男が逃げ去った方角を見やっている。少し無念そうだ。

「旦那がいいっていうんなら、あっしも無理に捕まえるようなことはしやせんけどね」

「それでいいよ。しかし珠吉は、本当に元気がいいね」

心の底から富士太郎は珠吉をほめたたえた。

「この蒸し暑さの中、あのすばしっこそうな男を捕まえるために、さらに走ろうっていうんだから、まったく大したものだよ」

喧嘩相手だったもう一人のがっしりとした男も、いつしか富士太郎たちのそばからいなくなっていた。

ふう、と大きく息を吐いた珠吉が両肩を上下させた。

「あの野郎が旦那になめた口をきくのが、どうにも腹に据えかねましてね。思いっ切りぶん殴ってやりたかったですよ」

「珠吉がそんなに腹を立てるなんて珍しいね。これも蒸し暑さのせいかな。実をいえば、あの男の物言いにはおいらも腹が立ったけど、あの男もいいたいことをいって、少しはすっきりしたんじゃないかね」

それを聞いて珠吉が苦笑する。

「まったく旦那も人がいいですねえ。いや、そうじゃねえな。旦那の器がすばらしく大きいってことか」

「おいらの器なんて、大したことはないよ」

富士太郎は謙遜《けんそん》でなく、なんということもない風に口にした。

「いえ、旦那の器は、大海だって一呑みにできるほどのものですよ」

「そんなことはないよ」

快活に笑って富士太郎は再び歩き出した。周りを取り囲んでいた野次馬たちも、なにごともなかったかのようにすでに散っている。人々の不満や鬱屈《うっくつ》が少しだけ吐き出されたか、あたりは江戸らしい平穏さを取り戻していた。

「珠吉、仕事に戻るよ」

歩きながら富士太郎はいった。

「へい、わかりやした」

いつもの通りに町廻りを再開したものの、富士太郎としては、今の江戸についてやはり首をひねるしかない。

——こんな殺伐とした雰囲気が続くなんて、これではまったく江戸らしくないねえ。ぐずついた天気と蒸し暑さのせいで、みんな、苛立っているものねえ。笑顔が消えちまっているよ。いったい、いつになったら梅雨は明けるのかねえ。

歩を運びつつ、富士太郎は頭上を仰ぎ見た。陽射しは強いが、大気は相変わらずじめじめしており、頭上に広がっているのは、突き抜けるような青空ではない。

空はどこか薄暗い感じがするのだ。本物の夏空は、いまだに姿を見せようとしない。

それでも、今日の江戸の町はどこもかしこも洗濯物だらけである。湿った大気のせいで乾きはよくないだろうが、久しぶりに洗濯ができて、江戸の女房たちはさぞかしほっとしたことだろう。

身重《みおも》の智代《ともよ》も朝から、たまった汚れ物の洗濯に精を出していた。あまり張り切りすぎて、体に障《さわ》ることのないようにね、と出がけに富士太郎は注意してきたが、まさか智代の身になにかあったということはないだろうね。

富士太郎と智代は昨年の九月に祝言をあげたばかりだった。

富士太郎は身重の智代が少し心配だったが、よくないことは考えないほうがいいよ、と自らに告げた。

——なにもあるはずがないじゃないか。それに、智ちゃんには母上がついてくだっているから、智ちゃんの身に仮になにかあったとしても、きっと大丈夫さ。母上は頼りになるからね。

懐から手ぬぐいを取り出し、顔や首筋の汗をしっかりと拭いてから、富士太郎は後ろにいる珠吉を見やった。

「珠吉、何度もいうけど、暦の上では、もうとっくに梅雨は明けていなければおかしいのに、今年はどうしちまったのかねえ」

「まったくですねえ」

富士太郎の目を見つめて、珠吉が同意してみせる。

「今日は久方ぶりに晴れやしたけど、明日になれば、また降るような予感がしやすよ」

「うん、おいらも降ると思うよ」

「これだけぐずついた天気が続くってことは、天の神さまのご機嫌が麗《うるわ》しくないってことでやしょうねえ。きっと、なにか気分を害するようなことがあったんでやしょう」

「神さまは、おいらたちの行いを見て、腹を立てているのかもしれないよ」

「ああ、そうかもしれないですねえ。人々の営みを天から見下ろしていると、あまりに許しがたい所業が多すぎるのかもしれやせん」

「世間はまじめに生きている人ばかりだけど、中には信じられない悪さをする者がいるからね。実際、江戸の町から盗難は減らないし、ひったくりは頻発しているし、不義密通はいくらでも行われているしさ。ときには人殺しが連続することもあるしね。まったく物騒な世の中だよ。天にいらっしゃる神さまもあきれ果てているにちがいないよ」

「まったくですねえ」

心のうちの無念さを面《おもて》にあらわすように、珠吉がしみじみと答えた。言葉を続ける。

「ところで旦那、この天気の悪さは、智代さんの身にもよくないんじゃないんですかい」

「そうかもしれないね。おいらも実は案じているんだ。だけど珠吉、智ちゃんはとても元気だよ。珠吉にも劣らないくらいさ」

「腹の中にいる赤子の様子、智代さんから教えてもらっているんですかい」

「もちろんだよ。すごく元気なのがわかるらしいよ。別におなかを蹴るとかそんなことはしていないらしいんだけど、わかるんだって」

「女ってのは、男とちがって不思議な生き物ですからねえ。うちの女房なんか、なんでもずばずば言い当てるんで、巫女《みこ》の生まれ変わりじゃないかって思うときがありますよ。――ああ、そんなのはどうでもいいことでしたね。旦那、いつ生まれるんでしたっけ」

ふふ、と富士太郎は笑った。

「旦那、なにを笑っているんですかい」

「珠吉のことだから、きかずとも、いつ生まれるか覚えているのに、と思ったんだよ」

「いえ、覚えてなんかいやせんぜ。あっしは耄碌《もうろく》してますんで、何度きかせてもらってもけっこうでやすよ」

「それじゃあ、教えてあげようかな」

もったいをつけるように富士太郎は少し間を置いた。

「今年の暮れだよ。これは取り上げ婆さんがいってるんだけどね」

「ああ、さいでしたね。あと半年ばかりってことですかい。待ち遠しいですねえ」

「うん、本当に待ち遠しいよ。指折り数えるって、実感としてわかるもの。早く生まれてこないかなあ、っていつもいつもおいらは思っているよ」

「でも旦那、これぱっかりは、おなかの中の赤子に、早く出てこいっていい聞かせても、どうにかなるものではありやせんからねえ。——ところで旦那は、どっちを望んでいるんですかい」

珠吉に問われるまでもなく、富士太郎はこれまで何度も、男と女のどちらがよいか、自問してきた。答えはいつも同じだった。

「どっちでもいいんだよ。元気で健やかに生まれてきてくれたら、それでおいらはもう十分だよ。なにもいうことはないもの」

「それはそうでしょうねえ。それでもあっしは、できたら女の子がいいですねえ」

「ほう、女の子かい。珠吉、どうしてだい」

「あっしは女の子を持ったことがねえもんですから、どんな感じなのか知りたいんでやすよ」

そうだったね、と富士太郎はうつむいて思った。珠吉には自分と同い年のせがれ順吉《じゅんきち》がいたが、五年ほど前に早世してしまったのだ。大事な一人息子を失った珠吉の口惜しさは、いかばかりだっただろう。

「ああ、せっかく明るい話題で楽しんでいたのに、暗くしちまってすみません」

申し訳なさそうに珠吉が頭を下げた。

「いや、そんなことはないよ」

気にしなくていいよ、と富士太郎はいってやりたかったが、言葉に出すと、珠吉を傷つけてしまうのではないか、という気がしてならず、それ以上はいわなかった。

「考えてみれば――」

自らに気合を入れるかのように、珠吉が声を張り上げる。

「あっしも男の子でも女の子でも、どちらでもいいですねえ。旦那のいう通り、元気が一番ですものねえ。元気でありさえすれば、なんでもできますからねえ」

「そうだね。お金があっても、体が健やかでなかったら、おもしろくないだろうしね」

「そういうこってすよ。でもやはり、旦那の跡継のことも考えなければなりやせんね」

「まだ早いよ。跡継ができたとして、町方同心になりたいかどうか、わからないしね」

「えっ、いやだっていったら、町方同心にならなくても旦那はかまわないんですかい」

「別にいいよ」

　富士太郎はあっさりと認めた。

「その子の人生だもの、好きなことをやらせてあげたいよ」

「旦那と智代さんのあいだにできた子なら、さぞかし頭がよくて素直に育つんじゃありやせんかい。旦那にも勝るとも劣らない、立派な同心になると思いますがね」

「けどね、他の世界を知ることもいいことだよ。この仕事は、辛いこともたくさんあるからね」

「人のいやなところもずいぶん見てきやしたからねえ、旦那もあっしも」

「うん、本当にそうだね」

　珠吉が後ろから富士太郎の顔をのぞき込むようにする。

「ところで旦那、智代さんと一緒になって、一年ぐらいになりやすかねえ」

「おいらが智ちゃんと祝言《しゅうげん》を挙げたのは、去年の九月だよ」

「ああ、さいでしたか。それにしても、なんとも懐かしいですねえ。旦那の羽織袴姿は、存外にも、とても凛々《りり》しかったし、智代さんの花嫁姿はこの世のものとは思えないほどきれいでしたよ」

「存外ってのは、余計だよ。でも智ちゃんは珠吉のいう通り、まぶしくて見ていられないほどだったよ。こんなにきれいな娘が、おいらの花嫁になるなんて、信じられないくらいだったもの」

「湯瀬さまをはじめ、祝言に来てくれた人たちは、みな一様に息をのんでいましたからねえ」

「おいらが世話になっている人たちがみんな来てくださって、祝言は本当に楽しかったねえ。あんなに楽しいなら、またやりたいくらいだよ」

「人生に一度しかやらないから、祝言というのは価値があるんでやすよ」

「ああ、そうなんだよねえ。楽しいからって、何度もやるもんじゃないんだよねえ」

二年前、北国米《ほっこくまい》汚職の一件で、不覚にも徒目付《かちめつけ》だった山平伊太夫《やまひらいだゆう》に囚《とら》われたとき、無事に戻ったら必ず智代と一緒になろうと心に決めたことを、富士太郎は思い出した。一度しかない人生、悔いの残ることだけはしたくなかったのである。

それでも、智代と祝言を挙げるのに一年以上の時を要することになった。

富士太郎の母親の田津《たづ》が突然病に倒れたからだ。肝の臓が悪くなって顔色が優れず、体にも力が入らず、寝たきりになってしまったのである。

医者もさじを投げかけたような病状だった田津を、かいがいしく看病したのが智代だった。智代の献身的な看病の甲斐あって、田津は奇跡的に快復したのだ。

今は普通に生活できており、初孫が生まれるのをなによりの楽しみにしている。必死に看病してくれた恩返しに、身重の智代のためになんでもしてあげようという気持ちでいてくれている。あまりに熱すぎるその姿勢は、智代が恐縮するほどである。

「旦那、田津さまの具合はいかがですかい。その後、お変わりはありやせんかい」

気がかりそうな顔で、珠吉がきいてきた。

「うん、おかげさまでとても元気だよ」

「そいつはよかった。あっしは心配しやしたよ、旦那」

「うん、珠吉たちが一所懸命に祈ってくれたことも本復《ほんぷく》の理由だろうね。でもね、母上が病に倒れたのも、おいらがかどわかされるなどしたからだよね。心と体というのは、本当に深い関わりを持っているんだよ。おいらが油断したばっかりにかどわかされ、そのせいで母上が病になってしまったんだ。おいらは、山平伊太夫にとんでもない目に遭わされてから、心を入れ替えたよ。二度とあんなへまをしないって」

「旦那、あれは、決してへまなんかじゃありやせんぜ。だって徒目付に、湯瀬さまの亡骸かどうか確かめてほしいっていわれたら、誰だって信じやすからね。あとをついていくのは当たり前のこってすよ。油断なんかじゃありやせんぜ」

「珠吉がそういってくれるのはありがたいけれど、母上を病に追い込んじまったのは、おいらだよ。おいらは、とにかく心を入れ替えたんだよ。生まれてくる子のためにも、もう二度とかどわかされるようなへまはしないよ」

富士太郎は前を見つめ、きっぱりといい切った。

「だったら、あっしは決して旦那のそばを離れやせんぜ。あっしだって、旦那の行方を捜すような真似は、二度としたくありやせんからね」

「珠吉にも心配かけたね」

「あっしにはいくらでも心配をかけておくんなさい。あっしは丈夫ですから、病には決してなりゃしやせん」

「いつまでも元気でいておくれよ」

長生きしてほしい、と富士太郎は心から思った。

その日、富士太郎たちは結局四度も喧嘩の仲裁をした。夕方近くになったとき、空が不意にかき曇ってあたりが暗くなり、雨がぽつりぽつりと落ちてきた。

「あれ、一日、保たなかったですねえ」

「本当だね。久しぶりにお天道《てんと》さまを拝めたってのに、もう見納めとは、寂しいものだね」

雲が厚みを増し、急にあたりが暗くなったと思ったら、あっという間に五間先も見えないくらいの土砂降りに変わった。

梅雨時ということで、一応、富士太郎たちは蓑《みの》を持ってきていたが、通りかかった店の軒先《のきさき》で雨宿りをした。

軒から顔をのぞかせて珠吉が空を見上げる。

「こいつは、まさしく盆をひるがえしたような雨ですねえ」

「盆をひるがえしたか。今はなかなかそんないい方をする人はいなくなったねえ。さすがに珠吉だよ。よく言葉を知っているね」

「あっしは古い人間ですからね」

いま激しく降っている雨は夕立と思えたが、空は静まり返っている。雷は、まったく鳴っていない。

「雷が落ちてこないってことは、まだ梅雨明けは遠いってことになりやすねえ」

残念そうに珠吉がいった。

「梅雨明け間近ということになれば、必ず雷が鳴りやすからねえ」

「うん、そうだね。雷は、梅雨明けの合図みたいなものだからね」

その後も雨は降り止まず、あたりは泥濘《でいねい》と化している。

「こいつはどうも、小降りにはなりそうにないね」

「蓑を着ますか、旦那」

「そうしよう」

二人は蓑を着込み、軒先を出た。

強い雨に打たれつつ、富士太郎と珠吉は南町奉行所に向かった。

この雨で少しは蒸し暑さが取れるかと思ったが、そんなことはまったくなかった。

むしろ涙のような生温《なまぬる》い雨のせいで、富士太郎は蓑の内側にべったりと汗をかいていた。

きっと珠吉も同じだろう。

もう六十を超えている年寄りに、こんな気持ちの悪い思いをさせて申し訳ないと、富士太郎は心の中で詫びた。

早く珠吉に楽をさせてやりたいが、いまだに珠吉の後釜については見つかっていない。

——珠吉だって、いつまでも元気でいられるわけじゃないんだ。早く見つけないと。

しかし、珠吉の代わりを見つけるのはたやすいことではない。

それに、珠吉の代わりを見つけることになるのも、富士太郎としては寂しい限りで、なんとか先延ばしにしたいという思いをぬぐえずにいる。

三

梅雨の晴れ間で、今日は天気がよい。

——しかし、夕方くらいにはまた天気が崩れるのではないか。

戸鳴鳴雄《となるなるお》には、そんな予感がある。この好天は長続きしないはずだ。

今の太陽の勢いは盛んだが、鳴雄が端座する座敷はほどよい日当たりに恵まれて、暑さをほとんど感じない。腰高障子《こしだかしょうじ》が開け放たれ、さわやかな風が吹き抜けていく。

いつものようにこの上なく心地よい座敷なのだが、鳴雄は冷や汗をかいている。

なにしろ、目の前に座る御津兵衛《みつべえ》の顔には、座敷の明るさにそぐわない翳《かげ》があるのだ。草稿を手に、おもしろくなさそうに口をひん曲げている。今にも、うなり声を上げそうだ。

――今回も駄目なのか。

腹の下のあたりがうずくようなおののきを、鳴雄は覚えた。一刻も早く御津兵衛の感想を耳にしたいが、一方で聞きたくないような気もする。

上目遣いで御津兵衛の顔色をうかがうしか、鳴雄にはすべがなかった。

不機嫌そうな顔を崩すことなく、御津兵衛は手にした草稿に目を落としている。そんな顔をしていても、熱心に読んでくれているのはわかる。

これまで何度も草稿を持ち込んだが、御津兵衛はいつもそうなのだ。こと仕事に関しては、一切手抜きはしない。

――きっと大丈夫だ。

鳴雄は自分にいい聞かせた。

——今作は、これまでで一番の自信作なのだから。今度こそ富東屋《ふたばや》のお眼鏡にかなうはずだ。前回いわれたことは、すべて肝に銘じて書いたではないか。大丈夫だ。

拳をぎゅっと握り締め、鳴雄は御津兵衛に眼差しを注いだ。

胸が痛いくらいにどきどきしている。心《しん》の臓《ぞう》が発作を起こし、このままあの世行きになってしまうのではないか。鳴雄はそんな恐れさえ抱いた。

それにしても長い。さすがに鳴雄は焦《じ》れてきた。御津兵衛がじっくり読んでくれているのはありがたいが、感想を口にするまでが、いくらなんでも長すぎはしないか。

——この長さはなんなのだろう。前回と同様、今回も駄目だといわれるのだろうか。そんなことになれば、俺はもう書き方がわからんぞ。戯作者《げさくしゃ》をあきらめるしかないかもしれん。

鳴雄は下を向きそうになった。いや、駄目なはずがない、と考え直して顔を上げ、再び御津兵衛を見やる。

——きっと、あまりの出来のよさに富東屋は言葉をなくしているだけだろう。

この俺には才がある。いまだ戯作者になれずにいるのは、巡り合わせが悪かっただけだ。

眼前に座っている御津兵衛は、黄表紙《きびょうし》や談義本《だんぎぼん》、洒落本《しゃれぼん》など戯作と呼ばれる書物を扱う版元のあるじである。戯作を見る目の確かさは、江戸にいくつもある版元の中で屈指といっていい。

あぐらをかいた鼻から太い息を吐き出し、御津兵衛がようやく草稿から顔を上げた。瞳を回し、じろりと鳴雄を見てきた。

その目を見返した鳴雄の胸には、さらなる痛みがずきりと走った。

「いけませんな」

草稿を鳴雄の膝元に丁寧に押しやって、御津兵衛が厳しい口調でいった。眉間に深いしわが寄り、一筋の光が瞳に宿っている。

――えっ、そうなのか。

がーん、と鳴雄は頭を木槌で打たれたような気分になった。

「だ、駄目ですか。本当ですか」

すがるように鳴雄はきいた。

「はい、まったく駄目ですな」

鳴雄の思いなど一顧だにすることなく答えた御津兵衛は、苦虫《にがむし》を嚙み潰したような顔をしている。

「鳴雄さん、いつもと同じで、おもしろくありません。読んでいて、わくわくするようなところが一つもない」

「わくわくですか」

「さよう。洒落本というのは、鳴雄さんもおわかりと思いますが、遊郭のことを活写しなければならない。遊郭は、客にとってなんとも楽しいところだ。しかし、すべての人が遊郭に行けるわけではない。遊郭に行った人には、ああ、こんなことがあったよなあ、と楽しませ、行けない人にも行ったような気持ちにさせるのが洒落本というものです。つまり読む人が心躍るものでなくてはいけない。しかしこれは、そういう楽しさが一切ない。退屈なんです。なんといいますか、自分だけが満足するために書いたようなものになっておりますな」

一気にしゃべって御津兵衛が口を閉じた。

「手前としては、読み手の気持ちに添って書いたつもりだったのですが」

鳴雄はおずおずといった。どうして俺がこんなに卑屈にならなければならないのだ、と思いながら。

「読み手の気持ちに添う、というのは最も大事なことですよ。そのことがわかっていて、鳴雄さんがこれをお書きになったのなら、なおさらよくないですな。たちが悪いといっていい」

たちが悪いだと、と鳴雄は頭に血が上りかけた。いくら凄腕の版元だからといって、いっていいことと悪いことがあるのではないか。

――くそう、あの世に送ってやりたい。

御津兵衛の顔を凝視する鳴雄の中で殺意が湧いた。

「ちといいすぎましたかな」

咳払いをした御津兵衛が、鳴雄さん、と優しく呼びかけてきた。

「戯作にはその人の性格が出ます。鳴雄さんには、どうも読者に対する心配りというものが欠落しているような気がします。それが我が勝手に書いているという感じを与えるのでしょうな」

ふう、と息をつき、御津兵衛が居住《いず》まいを正す。

「鳴雄さん、もう戯作者になるのは、あきらめたほうがよいのではありませんかな」

ついにいわれてしまった。暗澹《あんたん》としたが、鳴雄は昂然《こうぜん》と顔を上げた。

「いえ、手前は決してあきらめません」

きっぱりと御津兵衛に告げる。

「さようですか」

微笑とも苦笑ともとれるような笑みを、御津兵衛が頬の端に浮かべた。鳴雄は目を光らせ、そんな御津兵衛を見つめた。

「初めてお目にかかったとき、厳しい世界ですが、あきらめたらおしまいですと教えてくださったのは、ほかならぬ富東屋さんですよ。念願が成就するまでがんばってください、ともおっしゃってくれたではないですか。手前はあのときの富東屋さんの言葉を胸に刻んで、これまでがんばってきたのですよ」

「しかし鳴雄さん、手前と初めて会ったのは、もう五年も前ですよ。五年も書き続けて戯作者として芽が出ないのは、やはり才がないとしかいいようがありません。ここらあたりですっぱりとあきらめて、別の生業《なりわい》を探したほうがよいのでは……」

「そのほうが身のためだと、富東屋さんはおっしゃるのですか」

「そうなりますな」

御津兵衛があっさりとうなずいた。またも、鳴雄の頭の中で、がーんという音が響いた。まるで頭の中で、鐘が激しく打ち鳴らされたかのようだ。

舌で唇を湿らせて御津兵衛が口を開く。

「このままですと、鳴雄さんは破滅への道をまっしぐら、のような気がいたします。手前は、これまで何人もそういう人を見てきました。鳴雄さんには、そうなってほしくありません。それに――」

いったん言葉を切ってから、御津兵衛が続ける。

「鳴雄さんは、戯作者のような、まあ、世間の目からはまともでない仕事で埋もれるような人には見えません。なにかしら、一種独特の雰囲気をお持ちだ。いかにも大成しそうな感じがありますから、なにも戯作者の道など選ばずとも、よいような気がいたしますよ」

ごくりと唾を飲み込み、鳴雄は御津兵衛をじっと見た。

「もしや富東屋さんは、手前の草稿を読むのがいやになったのですか」

「いえ、そんなことはありませんよ」

穏やかな口調で御津兵衛が答える。

「手前は読むのも商売だと思っておりますからな、厭うはずがありません。鳴雄さんがいいものを書いてきてくれれば喜んで読みますし、売り物になると判断すれば出版して、がんばって売らせていただくつもりですよ」

「富束屋さん、次はもっとよいものを書いて持ってきます」

がばっ、と鳴雄は畳に両手をついた。

「ですので富束屋さん、手前を見捨てないでください。どうか、どうか、お願いします」

必死の思いで鳴雄はいい募った。

「わかりましたよ、鳴雄さん。顔を上げてください。次も必ず読ませていただきますから」

その言葉がうれしくて鳴雄は顔を上げた。しかし、思いのほか厳しい表情をした御津兵衛と目が合い、戸惑いを覚えた。

「でも鳴雄さん、次が最後ということで、よろしいですな」

迫力ある口調で御津兵衛にいわれ、鳴雄はぎくりとした。これは冗談でもなんでもないだろう。もし次の草稿が御津兵衛に認められなければ、富束屋には二度と出入りできないということだ。

「わ、わかりました」

うわずった声で鳴雄は答えた。

「必ず富束屋さんをうならせるようなものを書いてきます」

この言葉はこの前もいったな、と思い出しつつ、鳴雄は目の前の草稿を拾い上げ、風呂敷で包んだ。

「鳴雄さん、期待しておりますよ」

御津兵衛も、このあいだと同じ言葉をかけてきた。

「戸鳴鳴雄という筆名は、手前はとても気に入っております。鳴雄さん、その名を江戸に轟《とどろ》かすような草稿を是非とも持ってきてください」

「しょ、承知しました」

それだけのものを書かなければ、もはや次はないということだ。風呂敷包みを手に提《さ》げて立ち上がった鳴雄は御津兵衛に一礼し、座敷をあとにした。御津兵衛も立ち、後ろについてくる。

表口で雪駄《せった》を履き、暖簾《のれん》を払って鳴雄は富束屋の外に出た。御津兵衛が見送ってくれる。このあたりはいつも通りで、律儀さを感じさせる。

富束屋の前の大道は、あふれんばかりの人が行きかっている。さすがに日本橋だけのことはあるな、と鳴雄は思った。これだけの目抜き通りに富束屋は店を出しているのだ。やり手としか、いいようがない。

御津兵衛に改めて辞儀をしてから、鳴雄は通りを歩き出した。

一町ほど雑踏に揉まれるように歩いたとき、不意に腹立ちがよみがえってきた。

——富束屋め、この俺にあきらめろ、といいおった。

次々に人をよけるようにして歩きながら、鳴雄は憤《いきどお》りをあらわにした。

——あの野郎、本当に殺してやりたい。いや、必ず殺してやる。

むろん、そうする気など鳴雄にはない。腹立ち紛れに胸中で吐き捨てただけのことだ。

——富束屋風情《ふぜい》、あの世に送り込むことなど、たやすいことだ。だが、俺はそれをせんのだ。しても、なんの意味もないからだ。

御津兵衛の目は確かなのだ。これまでに、何人もの戯作者を世に送り出してきた。御津兵衛に認められた者はいずれも名をなし、売れっ子になっている。

——いつかこの俺も、売れっ子の仲間入りをしてみせる。

鳴雄は御津兵衛に、おのれの実力を認めさせたい。これまで散々、草稿を虚仮《こけ》にされてきたが、なんとしても見返してやるのだ。

——富束屋に吠《ほ》え面《づら》をかかせなければ、男ではないぞ。

しかし、と鳴雄はすぐに思った。次の草稿が駄作と判断されれば、御津兵衛の鼻を明かす道は閉ざされる。

——そうである以上、次は全身全霊を注がなければならぬぞ。

これまで書いてきたものは、いずれも渾身の作ではなかったのだ。そのつもりで書いていたに過ぎない。

——俺は、洒落本に対する気構えが甘く、取り組み方が生ぬるかったのだ。この俺が本気を出せば、富束屋に感嘆の声を上げさせるくらい、容易なことだ。御津兵衛がいった通り、戸鳴鳴雄の名を必ずや江戸中に轟かせてやるのだ。

そのきっかけは次作ということになろう、と鳴雄は思った。

——富束屋も、きっとこの俺に本気を出させるために、きつい言葉を放ったにちがいない。あの男は俺の才を買っているのだ。

ふふん、と胸のうちでほくそ笑んだ鳴雄は裏手に建つ宏壮な屋敷を横目に見ながら、新作の構想を練りはじめた。

四

目が覚めた。

どこからか幼子の泣き声が聞こえている。

——あれは直太郎《なおたろう》ではないか。

湯瀬《ゆせ》直之進《なおのしん》は寝床から起き上がり、寝所に目を走らせた。

誰もいない。

寝所の中は、明るくなっている。とうに夜は明けていたようだ。感じとしては、六つ半という頃合か。

——俺はこんなに寝ていたのか。

寝床に座り込んで、直之進は呆然とするしかない。

今日は非番で、普段よりも少しは寝過ごしても大丈夫だと考えて昨晩は寝についたのだが、それがまさかここまで目を覚まさぬとは、夢にも思わなかった。

しかも、このひどい蒸し暑さが続いている中で、赤子のようにすやすやと眠ったのだ。

――信じられぬ。それだけ疲れているということか。

やはり剣術を人に教えるというのは、生やさしいものではないのだろう。これまでに蓄積した疲労が、一気に出たのかもしれない。

直太郎の泣き声は外から聞こえてきている。

――きっとおきくが、俺を起こさぬようにと連れ出したのだな。

直之進はすっくと立ち上がった。寝床のかたわらに昨日とは別の着物がたたんで置いてある。

――いつもすまぬな。

心の中でおきくに感謝してから、直之進は寝巻を脱ぎ捨て、新たな着物をまとった。腰に脇差を差す。

剣術指南役という職を直之進が得て、すでに一年近くになる。

江都《こうと》一の粋人《すいじん》である佐賀《さが》大左衛門《だいざえもん》の構想した学校は、ついに日の目を見たのである。

ここ日暮里《にっぽり》の地に建築された学校は大左衛門によって秀士《しゅうし》館《かん》と名づけられ、今も順調に門人を増やしつつあるのだ。

秀士館で学べるのは、剣術だけではむろんない。国学や朱子学、薬学、医学などの学問が中心となっている。

秀士館では旗本や御家人、勤番 侍《きんばんざむらい》、浪人などの武家だけでなく、町人や農民の入校も諸手《もろて》を挙げて受け容れている。

すべての者が平等に学問の機会を得られるようにとの大左衛門の考えから、そういう仕組みがつくり上げられたのである。

三千坪以上もある敷地には大講堂や剣術道場だけでなく、教授方の住まう家が何軒も建てられている。

直之進とおきくは、去年の正月に生まれた長男の直太郎とともに、その一軒で暮らしているのだ。

決して広い家ではないが、以前暮らしていた小日向東 古川町《こひなたひがしふるかわ》の長屋とは、雲泥《うんでい》の差といってよい。新築の香りも、いまだに漂っている。

――それにしても、佐賀どのは、よくぞこれだけの敷地を見つけてきたものだ。

直之進は、ただただ感心するしかない。

大左衛門は懇意にしている大名家や旗本家、商家から寄付を募り、さらには大事にしていたはずの骨董や家財を売り払って日暮里の地を手に入れ、建物群を築いたのである。いつもは茫洋《ぼうよう》としているようにしか見えないが、大左衛門の活力や鋭気に、直之進は頭が下がる思いだ。

部屋を横切り、襖を開けた。廊下が目の前を横切っている。

廊下には雨戸が設けられているが、すべて開いていた。

雨戸の開く音にも気づかなかった。

——おきくが気を遣って、そっと開けたのかもしれぬが、俺は秀士館で職を得たことに安穏《あんのん》としすぎているのではないか。

直之進は自らを振り返って考えた。

今のところ、何者かに襲われるような気遣いはないが、もし実際にそんなことになったら、まるで対処できないのではあるまいか。

——気を引き締めなければならぬ。

腹に力を込め、直之進は肝《きも》に銘じた。

——なにがあるかわからぬ。一寸先は闇というではないか。

廊下に出て、直之進は目の前の庭を眺めた。決して広くはないが、そこに息づく草花を毎日、目にできるというのはすばらしいことだ。

夜が明けて半刻以上はたっているはずなのに、外は思ったよりも暗い。

直之進は、厚い雲に覆われている空を見上げた。

昨日は久しぶりに晴れたが、今日はまたいつもの梅雨空に戻ってしまった。雨は降っていないものの、すぐにでも泣き出しそうな雲行きである。

——いつになったら梅雨は明けるのか。

さすがにいらいらするものがある。あまりに今の天候は鬱陶しすぎるのだ。湿気がひどく、体にじっとりとまとわりついてくる。

そのせいなのか、江戸の町では諍いや小競り合いが絶えないと聞く。秀士館の門人たちのあいだでも、喧嘩が起きたりしている。

沓脱《くつぬぎ》の上に置いてある雪駄を履き、直之進は庭に出た。右手に立つ欅《けやき》の大木の陰のあたりで、直太郎とおきくの気配がしている。

もう直太郎は泣いてはおらず、静かになっている。ひそやかなおきくの声がするのは、直太郎になにやら話しかけているからだろう。

静かに歩み寄った直之進は、欅の陰をのぞき込んだ。

欅に手をかけて立っている直太郎と目が合った。直之進を見上げて、にっこりと笑う。直之進からも笑みが漏れた。

「あなたさま——」

直太郎のそばでかがみ込んでいたおきくが驚いたように声を上げ、立ち上がった。

「おきく、驚かせてしまったか」

「は、はい。あなたさまにまったく気づいていなかったものですから」

「すまなかったな」

「いえ、謝られるようなことでは」

両手を伸ばし、直之進は直太郎を抱き上げた。ずしりと重い。

生まれたときは両の手のひらにおさまるのではないかと思ったほど小さかったのに、我が子の成長というのは早いものだ。

毎日毎日、着実に大きくなっている。これは健康の証《あかし》であろう。

「直太郎、健やかなのはいいことだ。このままどんどん大きくなっていくのだぞ」

直之進は直太郎にじっくりといい聞かせた。

直太郎という名は、直之進がつけたわけではない。おきくが、是非ともこの名を、と懇願するようにいったのである。

どうやらおきくは、男の子が生まれたらこの名にしようと、早くから心に決めていたようだ。

直之進としてもおきくの気持ちがうれしく、なんの抵抗もなく受け容れた。直太郎という名には、凜々しさと美しさを感じている。

直之進を見つめて、直太郎がなにかいっている。まだほとんど言葉は話さないが、愛情をもって直之進に語りかけてきているのはわかる。

直之進は、直太郎がかわいくて仕方がない。目に入れても痛くないとは、まさにこのことなのだな、と毎日、実感している。

直太郎は去年の正月に生まれたから、今は二歳である。すくすくと育ってくれているものの、子は七つまでは神さまからの預かり物といわれている。それだけ儚《はかな》い存在でしかないのだ。

七つまで生きれば、そのまま大人に成長することがほとんどといってよいから、なんとしてもその歳まで無事に育ってほしい、と直之進は心から願っている。それはおきくの願いでもあるだろう。

直太郎の頰に顔をすりつけている直之進を見て、おきくがほほえんでいる。

「あなたさま、朝餉《あさげ》にいたしましょうか」

「もうできているのか」

「はい、支度はとうに終わっています。お味噌汁を温め直さないといけませんけど」

「そいつはありがたい。腹の虫が今にも鳴き出しそうだ」

「ではあなたさま、まいりましょう」

おきくが、直之進を先導するように歩き出した。直之進は、直太郎を抱いたままあとに続いた。

直太郎がぎゅっとしがみついてくる。

「おっ、怖いのか」

そんな直太郎の仕草もかわいくてならない。

「なにがあろうと、おぬしを落とすような真似はせぬゆえ、安心してくれ」

しかし、直太郎は手に力を入れたままだ。

「信用がないのかな」

苦笑しつつ直之進は裏口を抜け、台所に入った。

おきくが直太郎を受け取り、おんぶする。それから味噌汁の鍋を竈《かまど》に置き、火をつけた。

直之進はかたわらの瓶の水を柄杓《ひしゃく》で桶に移し、それで顔を洗った。おきくが手ぬぐいを渡してきた。

「すまぬ」

顔を拭いた手ぬぐいをおきくに返し、直之進は台所横の部屋におさまった。

やがて味噌汁のにおいが漂ってきた。

「お待たせしました」

直太郎をおんぶしたおきくが、膳を直之進の前に丁寧に置いた。

手をこすり合わせて、直之進は膳を見つめた。納豆に豆腐の味噌汁、香の物に五分づきのご飯という献立《こんだて》である。

うまそうだ、と直之進は思った。

おきくが自分の分の膳を持ってきて、直之進の向かいに端座《たんざ》した。直太郎を背中から下ろし、膝の上にのせた。

顔を上げ、直之進はおきくを見つめた。おきくも直之進をじっと見ている。ほほえみがひとりでに出た。おきくも笑みを漏らす。

——ああ、俺は幸せなのだな。

そのことを、妻の笑顔を目の当たりにして直之進は実感した。いただきます、といってまずは豆腐の味噌汁の椀を手にした。おきくも、いただきます、と口にした。

味噌汁を飲んだ途端、直之進は体の中があたたかくなったが、それは暑苦しさなどではなく、心が優しく満たされるような感じがあった。

「ああ、うまいなあ」

直之進は素直に感嘆の声を発した。

「それはよかった」

おきくはにこにこしている。直太郎も、うれしそうに直之進を見ている。

おきくがさじを使い、直太郎に、ふうふうと冷ました味噌汁を与えはじめた。

直太郎は笑みを浮かべてすすっている。

――味噌汁を喜ぶなど、直太郎もやはりこの国の者なのだな。

四半刻もかからずに食事を終えた直之進は、おきくがいれてくれた茶を喫した。

「今日はどうされるのですか」

湯飲みを手にして、おきくがきいてきた。

「七日に一度の貴重な非番ゆえ、おきく、直太郎と過ごしたいところだが、ちと用事があってな。三人田を返しにいかねばならぬ」

「鎌幸さん、長旅から戻られたのですね」

「うむ、ついに帰ってきたらしい」

「鎌幸さんから、そういうつなぎがあったのですか」

「十日ばかり前に、道場のほうに鎌幸の使いがやってきたのだ。俺は三人田と別れるのが辛いゆえ、鎌幸にすまぬと思いながらも返すのをずるずると引き延ばしてきた。だが、さすがにもう無理だろう。今日こそ、三河島《みかわしま》村に出向くべきだな。三人田を手放すのは寂しいし、悲しいが、仕方あるまい」

「この三月《みつき》ばかり、ずっと三人田はあなたさまと一緒でしたね。三人田も、あなたさまと離れるのは辛いのではないでしょうか」

「そうであるにしても、鎌幸に返さぬわけにはいかぬ。三人田は俺の差料《さしりょう》ではないのだから。鎌幸の実家は故郷沼里《ぬまざと》の嘉座間《かざま》神社というが、その神社にいにしえより伝わる宝刀だ」

さようでしたか、とおきくがうなずく。

「おきく、できるだけ早く帰ってくるゆえ、直太郎と待っていてくれるか」

「もちろんです」

おきくがきっぱりと答えた。母親になってから、たくましくなったような気がする。

「では、今から支度してまいる」

立ち上がり、直之進は自室に戻った。

刀架の前に立ち、そこにかかっている一振りの刀を見つめる。

抜いていないのにもかかわらず、さすがに三人田というべきか、神々しさが感じられる。

つい十日ほど前、鎌幸は三月に及ぶ長旅から帰ってきた。西国まで足を伸ばし、刀の買いつけに精を出していたらしい。

鎌幸が旅に出ているあいだ、直之進は頼まれて三人田を預かっていたのである。

——今日でお別れか。

腹に力を入れて三人田を刀架から取り上げ、直之進は腰に差した。

——うむ、やはりいいな。

帯びた途端、しびれるような感じを直之進は覚えた。三人田を差すと、いつも体に力がぎゅっと込められる気がする。もっともっとこの刀と時をともにしていたい、との思いが強くなる。

しかし、もはやそういうわけにはいかない。人の物を返さぬのでは、盗人《ぬすっと》と変わらないではないか。

──よし、行くか。

踏ん切りをつけて、直之進は自室を出た。台所に足を運び、おきくに、では行ってくる、と告げた。おきくにおんぶされて、直太郎はぐっすりと眠っていた。

「蓑はどうなさいますか」

玄関先まで見送りに出てきたおきくが空模様を気にして、直之進にきいた。

「いや、よかろう。雨は降らぬ」

「えっ、まことですか」

「降るかもしれぬが、降ったら降ったで、そのときだな。なんとかなるさ」

いい切る直之進を見て、おきくが目を丸くする。

「あなたさまはここ最近、どこかたくましくなられたような……」

「えっ、そうか」

そのようなことは、直之進はほとんど考えたことがなかった。

「前からたくましかったけれど、なんといいますか、どこかふてぶてしさが出てきたような気がします。もちろん、いい意味で私はいっておりますよ」

「ふてぶてしさか」

直之進は、おのれの顔にそっと触れた。そうかもしれぬ、と思った。生き馬の目を抜くといわれる江戸に出て、すでに四年。駿河人は人がよく、意気地がないともいわれるが、この江戸の町で暮らし続けて妻を持ち、子をもうけたことで、惰弱な駿河人も少しは根性が据わったのではないか。

直太郎の頭をそっとなで、おきくの見送りを受けて、直之進は家をあとにした。

どんよりとした曇り空の下、鎌幸の家がある三河島村に向かう。

相変わらず湿気がひどく、歩き出してすぐに直之進は脇の下に汗をかきはじめた。

むっ。

直之進は歩みを止めそうになった。

すでに鎌幸の家は視界に入り、あと半町ばかりを残すのみになっているが、なにか妙な目を感じたのだ。

——何者かが俺を見ている。それとも、鎌幸の家を見張る者がいるのか。

三河島村にある鎌幸の住居兼鍛刀場《たんとうば》は広々とした一軒家で、田園風景が広がる中、近くに家らしいものはない。二町ばかり先に、数軒の百姓家が散見されるだけである。

——どこから見ているのか。

顔を向けることなく直之進は、眼差しがどこから送られているのか、肌で探った。

——左側の藪《やぶ》からだな。

二十間ほど隔てたところに、背の低い木々の生い茂った藪があった。あそこに二人の男が身を隠し、目を光らせているような気がする。

——何者なのか。なにゆえ、そんなところにひそんでいるのか。

確かめたいとの衝動に逆らうことなく、直之進は足を踏み出そうとした。

その刹那、その直之進の意図を覚ったか、藪からのぞいていた目が、ふっと消えた。ひそんでいた者の気配が藪から離れていく。

——逃げる気か。

土を蹴り、直之進は藪のほうに走った。二人の男を捕らえ、どうしてそんなことそとした真似をするのか、ただすつもりだ。

だが、直之進が藪の背後に走り込んだときには、二人の男の姿はどこにもなかった。どうやら、藪から十間ばかりを隔てた右側の疎林《そりん》に駆け込んだようだ。すでに疎林を抜けたらしく、二人の男の気配は微塵《みじん》も感じられない。なかなかの足の持ち主といってよい。鍛えられているのだろう。

——今の二人は、鎌幸の家を見張っていたのだろうか。

そうとしか考えられない。ほかに見張るような家は近くにはないのだ。

藪を離れ、直之進は鎌幸の家を訪ねた。

だが、鎌幸に会うことはかなわなかった。

鎌幸が家にいなかったのだ。

「鎌幸から、旅から帰ってきたという使いをもらったのだが」

直之進は、鎌幸が腕を見込んで世話をしている刀工の貞柳斎《ていりゅうさい》にいった。

「鎌幸さんは、確かに戻ってきました」

貞柳斎のせがれである迅究《じんきゅう》が、横から顔を突き出すように答えた。

「ただ、六日ばかり前に、鎌幸さんは久しぶりに江戸の酒が飲みたいといって、馴染みの一膳飯屋に出かけたのです」

「ふむ、それで」

「それが、それきり戻ってこないのです」

迅究がうなだれた。貞柳斎も途方に暮れたような表情をしている。

――鎌幸が行方知れずというのか。

さすがに直之進は驚きを隠せない。

――先ほどの藪の二人の男と関係があるのだろうか。

ないはずがない、と直之進は思った。あの者たちが鎌幸をかどわかしたのか。

だがそうだとして、なにゆえまだこの家を見張っているのか。貞柳斎や迅究に関係しているのだろうか。

「その一膳飯屋はどこにあるのだ。なんという店かな」

できるだけ冷静な声音で直之進はきいた。

「谷中片町《やなかかたまち》にある玉沖《たまおき》という店です。手前も前に、鎌幸さんに連れていってもらったことがあります。お酒とつまみが安くて、しかもおいしくて、鎌幸さんはとても気に入っていました。顔馴染みらしくて、店主とも親しげに話していました」

「その玉沖に、話を聞きには」

「手前が行ってまいりました。店主によれば、鎌幸さんは店に来たとのことです。長旅のあととはいえ、いつもと変わらない鎌幸さんだったそうです。店の常連さんとも楽しそうにしていたといいます。店主も、手前から鎌幸さんが行方知れずだと聞いて、とても驚いていました」

つまり六日前の鎌幸には、なんらおかしなところは見受けられなかったということか。

「この村には自身番らしきものはあるのか」

直之進は問いの矛先を変えた。

「三河島村は町ではありませんから、自身番はありません。しかし、一応、鎌幸さんの失踪の届けを、三河島村の村名主のもとに出してあります」

「捜してくれそうか」

渋い顔をし、迅究が残念そうにかぶりを振った。

「期待はできないでしょう」

そうだろうな、と直之進は思った。仮にやる気があったとしても村名主に探索の力はない。よほどの幸運に恵まれない限り、鎌幸を捜し出せるはずがなかろう。

ふむう、と心の中でうなり声を上げ、直之進は、鎌幸の身にいったいなにがあったのか、と考えた。

もしや殺されてしまったのか。それとも、やはりかどわかしに遭ったのか。

あるいは、何者かに傷でも負わされ、どこかの診療所の世話になっているのか。

鎌幸が自ら姿を消したとは思えない。三人田のことは直之進に預けてあるから心配はいらないとはいえ、貞柳斎たちに黙ってまた旅に出るはずもないのだ。

直之進は、腰の刀を無意識に触っていることに気づいた。なにか触れずにはいられなかった。

――もしや三人田絡みで、鎌幸の身になにか起きたのか。

それを今、三人田が直之進に教えようとしているのだろうか。

――きっとそうだ。三人田には、なんらかの魂が宿っている。その魂が俺に伝えようとしているのだ。

つと貞柳斎が直之進の腰に目を止めた。

「それは三人田じゃな」

「さよう。俺が、鎌幸から預かったことをおぬしらも知っていただろう」

「いや、きいておらんかったのう」

貞柳斎がこともなげにいうから、直之進は驚いた。

「まことか」

はい、と貞柳斎が神妙にうなずいた。

「鎌幸さんが旅に持っていくわけもないから、どこかに預けたのだろうとは思っておったが。しかし、それが湯瀬さんだったとはのう」

「鎌幸は、三人田のことをおぬしらにも話していなかったのか。ずいぶんと用心深いな」

「鎌幸さんにとって、それほど大事な刀だということじゃ」

「しかし、預かっていた三人田を今日、返しに来たのだが、まさか鎌幸が行方知れずになっているとは……」

言葉を切り、直之進は貞柳斎と迅究を見つめた。

「三人田について、旅から戻ってきたばかりの鎌幸はなにかいっていなかったか」

直之進にきかれて、貞柳斎と迅究が顔を見合わせる。眉根を寄せて、迅究が直之進をまっすぐ見つめてきた。

「これといってなにも。三人田を一刻も早く目にしたい、手にしたいと切望しているのは、態度からわかりましたが」

「ああ、そうであろうな」

日暮里の秀士館に使いをもらったとき、と直之進は悔やんだ。すぐに俺がここにやってきていれば、このようなことにはならなかっただろうか。

——そうかもしれぬが、今さら後悔したところで遅い。どうにもならぬ。

なんとしても、と思って直之進は唇を嚙んだ。鎌幸を見つけ出さなければならぬ。

——そしてそれはまちがいなく俺の仕事だ。

「ああ、そうだ」

なにかを思い出したのか、不意に迅究が高い声を上げた。横で貞柳斎がびっくりし、せがれを見ている。

「鎌幸さんが、長旅から帰ってきた翌日のことです。鎌幸さんを訪ねてきた客人があったのです」

それを聞いて貞柳斎がまた驚きの表情になった。知らなかったようだ。

「鎌幸に来客があったか。誰かな」

間髪《かんはつ》容れずに直之進は迅究にたずねた。

「それが名乗られなかったのです」

「そいつはまた怪しいな。歳の頃は」

迅究が戸惑ったような顔つきになる。

「正直、手前にはわからないのです。どこか茫洋とした顔をしていたものですから。一見、三十歳くらいにも見えましたし、ひどく歳を取っているようにも見えました」

どこか忍びを思わせる者だな、と直之進は感じた。

「その謎の客人は、鎌幸が長旅から帰ってくることを知っていたのか」

「どうやらそのようです。まるで計ったようにこの家に来ましたから。手前もそのことは不思議に思いました。手前どももいつ鎌幸さんが戻るか、存じ上げなかったものですから。旅先からときおり文が届いて鎌幸さんの無事が知れたくらいで、いつ江戸に戻るか、そこまでは書いてありませんでした」

唇を湿らせて迅究が続ける。

「もしかすると、その客人はこの家を見張っていたのかもしれません」

あっ、と直之進は思った。先ほどの藪の男と同じ者だろうか。

「それはまた穏やかではないな。迅究さん自身、見張られていると感じるようなことでもあったのか」

落ち着いた声で直之進は問うた。

「それがあったのです」

我が意を得たりとばかりに、迅究が大きく顎を上下させる。

「鎌幸さんが江戸に戻る何日か前、この家を出入りするたびに手前は、どこから見られているような気がしてならなかったのです」

「鎌幸が戻る何日か前……」

「正確には、鎌幸さんがこちらに戻る五、六日前から、そんな目を感じていたように思います」

その者はこの家を見張り、鎌幸の帰りを待ち構えていたということか。

そうだとして、どうやって鎌幸が近々長旅から江戸に戻ることを知ることができたのだろうか。直之進は考えに沈んだ。

顔を上げ、迅究を見やる。

「鎌幸だが、刀の買いつけに出るときはいつも長旅か」

「さようです。買いつけばかりではなく、諸国の風習や流俗《りゅうぞく》などを見たいらしくて、だいたい三月は江戸を離れています。あとは、いろいろな国で刀に関する文献を漁りたいようですね」

それこそが鎌幸の本来の目的かもしれぬ、と直之進は思った。そういうことをし続けて、嘉座間神社から盗まれた三人田を取り戻すきっかけを、鎌幸はつかんだのではあるまいか。

「であるなら、今回もいつもと同じような長さの旅であると予想がついたか」

「鎌幸さんが三月ほどで江戸に戻るかもしれないとは、もちろん考えていました。でも、これまでも一月《ひとつき》ほどで帰ってきたこともあれば、三月以上も戻らなかったこともあります。そろそろ戻ってくる頃かなあ、とは手前は漠然と考えていましたが」

この家を見張っていた者は、三月ほどで鎌幸が旅から戻ってくることを知っていたことになるのか。

その者と先ほどの者たちは、同一人物なのだろうか。

しかし、いつ戻るかわからない鎌幸のために、ずっとこの家を見張っていたということか。なにゆえそこまでのことをするのか。それはやはり三人田のためだろうか。

直之進はちらりと腰の刀を見やった。

「その客人だが、どんな用事で鎌幸を訪ねてきたのかな」

「三人田を譲ってほしいと鎌幸さんにいっていました」

やはりそうなのか。直之進は我知らず拳を握り込んだ。

「むろん鎌幸さんは、三人田は売り物ではないので、と断りました。しかし、その客人がいったいどこで三人田のことを知ったのか、鎌幸さんは不思議そうにしていました」

それはそうだろうな、と直之進は思った。三人田の存在を知る者など、この世にほとんどいないはずなのだ。幻の刀といっていいくらい、一部の者しか知らない。

直之進も鎌幸と知り合うまで、三人田のことは耳にしたことがなかった。沼里の嘉座間神社の宝刀であったことすら知らなかった。

「しかしながら、その客人は鎌幸さんに食い下がっていました。いくらでも金は出すので譲ってほしい、と重ねていっておりました。でも鎌幸さんは、売り物ではないの一点張りでした」

戦国時代、駿河の今川家が所持していた三人田は不世出の名工藤原勝丸《ふじわらかつまる》によって打たれた名刀で、値などつけられない。いくら金を積まれたところで、売り物になどなるはずがない。

なおも迅究が言葉を続ける。

「最後にその客人は、せめて三人田を見せてほしい、といいました。鎌幸さんは、今はさる人に預けてあるから無理だ、と答えました」

「誰に三人田を預けてあるか、鎌幸はその客人に教えたのか」

「客人にもそのことをきかれていましたが、鎌幸さんは頑として口を閉ざしていました。この家に住まわせてある者にも教えていない、とも客人にいっていました」

三人田を誰が持っているか、その客人は今も知らないということか。

直之進は、はっとした。三人田を預かっている者がこの家を訪ねてくるのを、先ほどの者たちは見張っていたのではないか。

——俺が三人田を帯びていることを、やつらはまちがいなく知っただろう。

つまり、と直之進は考えた。先ほど藪の中にいた二人は、鎌幸のもとに三人田を返しに来る者を待ち伏せていたのではないか。

——となると、三人田を奪うために俺を襲ってくる。それはきっと問答無用にちがいあるまい。

鎌幸は、と直之進は思った。この家を訪れた客人とやらに関係する者にかどわかされたのだろう。誰に三人田を預けたか、吐かせるためだ。だが、鎌幸はあれで意外に根性が据わっている。拷問に近い目に遭わされたかもしれないが、誰に三人田を預けたか、頑として口にしなかったのだろう。鎌幸はきっと生きている。どこかに監禁されているだけだ。

――三人田を目当てに襲ってくる者を殺してはならぬ。鎌幸の居どころを吐かせねばならぬぞ。

「俺が鎌幸を捜そう」

直之進は断言した。朝日を浴びたように貞柳斎と迅究の顔に光が射した。

「まことですか」

直之進の手を取らんばかりに前に踏み出し、迅究がきく。

「まことだ。俺は嘘はつかぬ」

直之進は大きくうなずいた。

「俺以外、鎌幸を捜し出せる者はおらぬ」

頼もしそうに貞柳斎と迅究が直之進を見つめている。

「湯瀬さん、お願いできるかのう」

より一層しわを深めて、貞柳斎がたずねる。

「むろん」

顎を引き、直之進は宣した。

「無事な姿の鎌幸を、必ずやおぬしたちの前に連れてこよう」

「よろしくお願いいたします」

貞柳斎と迅究の二人が頭を下げた。

「では、これよりさっそく探索にかかる。おぬしらはここでおとなしく吉報を待っていてくれぬか」

「承知いたしました」

安堵の思いを表情に浮かべ、親子そろって丁寧に辞儀する。

「では、これでな」

貞柳斎と迅究にいい、直之進は家を出た。

しばらく歩く。再び先ほどの目が戻ってきていた。粘つくような眼差しで、じっとこちらを見ている。

人数は一人のような気がする。同じ藪の中から直之進の様子をうかがっている感じだ。

——よし、誘うか。

直之進はわざと人けがなく、人家もないような方角を選んで歩き出した。三河島村は広く、まだ切り開かれていない土地も少なくない。もしやつらの目当てが本当に三人田であるなら、きっと人目のない場所で襲ってこよう。

すると意外に早く、直之進はちょうど十人の男に囲まれた。左側に見えてきた疎林に足を踏み入れるやいなや、男たちが一斉に姿をあらわしたのだ。

——ほう、十人もいるのか。

男たちは着流し姿だが、襷《たすき》がけをし、裾を絡《から》げている。いずれも覆面をし、その上に鉢巻をしていた。すでに抜刀しており、雲越しに鈍く輝く太陽の光を刀身の群れがわずかながら弾いていた。

「何者だ」

冷静な声を発した直之進は疎林の真ん中に悠然と立ち、男たちを見回した。

どう見ても、浪人としかいいようのない者たちである。

だが、いずれもよく鍛えられた体つきをしている。単なるやせ浪人、食い詰め浪人という感じではない。

ほほう、と直之進は内心で感嘆の声を発した。一人一人の腕は、直之進より明らかに劣る。だが、いかにも組織立って戦いそうな雰囲気をこの者どもはたたえているのだ。

――これは油断できぬ。

腹に力を込めて、直之進は気持ちを引き締めた。

「目的はこれか」

男たちを見回した直之進は、正絹の紺糸でしつらえた三人田の柄をぽんぽんと手で叩いて、たずねた。だが、男たちは誰一人として口を開こうとしない。代わりに男たちに殺気がみなぎりはじめた。

――やはり問答無用で俺を殺す気か。

だが、こんなところで死ぬ気は、直之進にはまったくない。

――直太郎を父《てて》なし子にするわけにはいかぬ。生きるためには、何人かはこの手にかけなければならぬか。

「かかれっ」

正面にいる背の高い男が叫んだ。覆面を通じての声だが、ずいぶん透き通っているように直之進には感じられた。

右側から躍りかかってきた者があった。直之進は心気を静め、右側に目をやりつつも素早く抜いた三人田の刀尖《とうせん》を一旦は左側に向けて、そちらに位置する敵の突進を抑え込んだ。

どうりゃあ。気合を込めて右側の男が刀を振り下ろしてきた。

右に回わした三人田の峰で受け止めるや、直之進は腰を低くし、刀身を斜めに傾けて刀尖が下にくるようにした。敵の刀が峰の上を滑り、男がたたらを踏んだ。今や完全に体勢を崩している。

そこに直之進は三人田を振るっていこうとしたが、左側から迫ってきた男が刀を胴に払ってきた。

――よし、案の定、来たか。

直之進の狙いは、はなからこの左側の男だった。刀を握り替えるや、直之進は左の男に向かって逆胴を繰り出していった。

うっ、とうなって男があわてて後ろに下がる。直之進は構わず踏み出していった。

男は直之進の斬撃をかわしきったと思ったはずだが、三人田はさらに一伸びし、男の右足を斬っていた。着物の裾を破るようにして血が噴き出してきた。

それを見て男が、うわっ、と声を発した。血が着物をべったりと濡らしていく。

だがこの程度、大したことはない、と直之進は思った。ほとんどかすり傷といってよい。刀傷は、思った以上に血が出るのだ。

足を斬られた男は、他の男たちの背後に身を隠した。どうやらそこで血止めをはじめたようだ。

——ずいぶんと余裕がある連中だな。

どうやら、と直之進は思った。決して命を無駄にすることがないよう、かたく言い含められているのかもしれない。

言い含めているのは誰なのか。この場にいる十人のうちの一人か。それとも、頭というべき者がこの十人を操っているのか。

男たちの戦いぶりを見る限り、どうやら後者ではないか、という気がした。

目当てとしていた左側の男を狙い通りに存分に斬れなかったのは、後ろから斬りかかってきた男がおり、わずかにそちらに気を取られたからだ。

すでに背後からの斬撃を右にさっと動いてよけて、直之進は斬りかかってきた男と対峙《たいじ》している。

——ふむ、後ろから斬りかかられたくらいであわててしまうなど、俺も未熟よな。まだまだだ。

　直之進がそんなことを自嘲気味に考えていると、新たに左側から一人の男が突進してきた。そちらには見向きもせず、直之進は正面の男に向かって三人田を袈《け》裟《ざ》懸《が》けに振り下ろしていった。

　男が斬撃を刀で受け止めようとする。直之進はそれを見て、刀を変化させていった。袈裟懸けから胴に切り替えたのだ。

　男はその変化にまったくついていけず、直之進の刀は男の腹を斬り裂くように見えた。だが、直之進の刀は右側から不意にあらわれた男によって、弾き返された。

　男は死角から気配を押し殺して近づいてきたようで、直之進はその男の接近に寸前まで気づいていなかった。

　もし男が直之進の斬撃を弾こうとせず、さらに一歩踏み込んで直之進の体を狙っていたら、少なくとも小さな傷は与えられていたにちがいない。さすがに致命傷を負うようなことにはならなかっただろうが、仮に小さな傷だけでも、動きに微妙な遅れが生じてしまう。それが命取りになるかもしれないのだ。

　——今のはまずかった。

静かに細い息を吐いた直之進の背中に冷や汗が流れた。決して油断したわけではなかった。しかし、事前に感じた以上にこの者たちは手強いのだ。

再び直之進は三人田を正眼に構えた。

戦えない状態にしたのは、まだ一人だけだ。

男たちの戦意は燃え盛っている。それは直之進の肌をぴりぴりと刺してくる。どうあっても三人田を奪うつもりでいるのだ。

——だが、俺は負けはせぬ。三人田はこの者らに決して渡さぬ。それに、鎌幸を救うと貞柳斎たちにも約束した。それをたがえるわけにはいかぬ。

直之進も気持ちがめらめらと燃え上がってきた。必ずこやつらを倒してやるという気概に満ちている。

左右から二人の男が斬りかかってきた。右に踏み出して直之進は三人田を一閃させ、さらに左側に体《たい》を返してまたも三人田を下から旋回させた。

右側の男の左肩がぱっくりと割れ、肉が二つに盛り上がった。その傷を押さえつつ男がよろよろと下がっていく。血が指のあいだから流れはじめている。

左側から斬りかかってきた男の右足の太ももからは、血がだらだらと垂れ出している。男は右足を引きずりつつ、後ろにじりじりと後じさっていく。

――これで三人。

直之進は、怪我をさせることで敵の戦意を奪うことに決めたのだ。殺す必要はない。ここは敵を撃退し、なんとしても生き延びねばならない。十人もの男を相手に切り抜けられれば、それ以上のことはないではないか。

背後から一人の男が、気配を殺して近寄ってきたのがわかった。直之進を間合に入れるや、突きを繰り出してきた。

まさかいきなりそんな大技がくるとは思わなかったが、直之進はくるりと体を返し、その突きをあっさりとかわした。

右膝が地面につくくらい体勢を低くし、そこから三人田を振り上げていった。男の左腕を三人田はすぱりと斬った。肘《ひじ》の下あたりだ。腕を切断するほど深い傷ではないが、覆面の下の男の顔が蒼白になったのが直之進にはわかった。仲間の一人に抱えられるようにして、後ろに下がっていった。

――あと六人か。

目論見通り、すでに男たちから戦意が消えつつあるのが知れた。

三人田を手にした直之進を見て、こやつは化け物ではないか、と六人の男が思っているのが、なんとなく伝わってきた。

まだやるか、という意味を込めて直之進は男たちに向かって、つつ、と進んだ。

「引けっ」

首領格と思える男が手を振った。

男たちが下がりはじめた。

――一人は捕らえなければならぬ。

直之進は追おうとした。だが、そこにいくつもの棒手裏剣《ぼうしゆりけん》が飛んできた。

――こやつらはこんな物まで使うのか。

三本の棒手裏剣を三人田でたたき落とし、残りはわずかに体を動かすことでよけた。

だが、その隙に男たちは直之進からあっという間に遠ざかりはじめていた。

――追いつけぬな。

今は、絶体絶命の状況から脱したことを、よしとするしかない。

――やはり十人を相手にするというのは、きつい。

傷を与えることで戦意を奪うという策がうまくはまったのだ。

――これも今が太平の世だからだな。戦国の世の武者を相手にしていたら、ああはうまくいかなかったはずだ。

今頃、骸《むくろ》にされていたかもしれない。

――とにかく俺は生き残った。

鎌幸を捜し出す手がかりを得られなかったのは残念だが、こうして生きていればこそ、これから探索に励むこともできるのだ。

――よし、鎌幸、待っておれ。必ず救い出してやるゆえな。

大きく息をつくや、直之進は三人田の刀身をかざしてじっくりと眺めた。

血はどこにも付着していない。

――さすがは三人田よ。

音もなく鞘におさめた直之進は、しっかと道を踏み締めて歩き出した。

第二章

一

厚い雲にさえぎられて陽射しはないが、まるで霧雨《きりさめ》が降っているかのように大気がまとわりついてくる。

そのせいで、早朝だというのに外を歩いていると、汗が止めどもなく出てくる。

――こんな朝っぱらから喧嘩なんかしていないだろうね。

目を光らせて樺山富士太郎は道を急いだ。

幸いなことに南町奉行所への道すがら、諍いや口論をしている町人らの姿を目にすることはなかった。

ずっと続いているこの蒸し暑さに辟易《へきえき》しながら、富士太郎は大門をくぐった。

流れ出た汗を手ぬぐいで拭きつつ、定廻り同心の詰所に足を踏み入れる。その途端、別の世のような爽快さを覚え、安堵の息を漏らした。

──ああ、なんて涼しいんだろう。

定廻り同心の詰所は、大門の長屋という造りも関係しているのか、真夏でもひんやりしているのだ。たっぷりとかいた汗が、すうっと引いていくのを富士太郎は感じた。

詰所には誰一人としていない。今日も一番乗りである。富士太郎は用具入れから箒《ほうき》と塵取《ちりと》りを取り出し、さっそく掃除をはじめた。

毎日掃除をしているのに、いったいどこから湧いてくるのかと思うほど埃はそこかしこに溜まっている。人は埃をまき散らしながら暮らしているのではないかと勘ぐりたくなるほどだ。

仕上げに拭き掃除をし、富士太郎は床を磨《みが》き上げた。

掃除を終えた途端、どっと汗が噴き出てきた。詰所が涼しさに満ちているといっても、掃除というのは全身を使うものなのだ。

──ふう、やっぱりきれいになるのはいいね。すっきりするよ。

詰所内を見渡して富士太郎は思った。これがあるから、朝一番の掃除はやめられないのである。

――こんなに気持ちのよいこと、誰にも渡せないよ。これからもおいらは掃除を続けるんだ。

つと出入り口の板戸が音もなく横に滑った。

「樺山さま、おはようございます」

同心詰所づきの小者の守太郎《もりたろう》が敷居を越えて姿を見せ、にこやかに挨拶する。茶をいれるための湯を薬缶《やかん》に入れて持ってきており、それを炭の熾《お》きていない火鉢の上に置いた。

「ありがとうね」

にこりと笑って富士太郎は礼をいった。

「いえ、このくらい、なんでもありませんよ。樺山さま、ご用があれば、遠慮なくお申しつけください」

慎ましく一礼して守太郎は詰所を出ていった。以前は富士太郎が詰所の掃除をすることに恐縮しきりだったが、今はもうなにもいわない。感謝の思いとともに、あたたかく富士太郎を見守っている感じだ。

――さて、もうそろそろだね。

案の定、同僚たちが次々に出仕してきた。

茶をいれる手を止めて、富士太郎は挨拶をかわした。定廻り同心の中で富士太郎が最も年下だけに、同僚といっても、あとの五人はすべて先輩である。

急須の茶を六つの湯飲みに注ぎ、富士太郎はどうぞ、と先輩同心たちに渡していった。

すぐに、おや、と思った。自分の分はよいとして、湯飲みが一つ余ったのだ。

あれ、と首をひねりつつ富士太郎は詰所内を見回した。

「坂巻《さかまき》がまだのようだな」

富士太郎のかたわらに文机を置く大田《おおた》源五郎《げんごろう》という先輩同心が、不思議そうに口を開いた。

「そのようですね」

富士太郎は驚きを隠せない。坂巻十蔵《じゅうぞう》が遅刻することなど滅多にない。いや、滅多にどころか、これまで一度もなかったのではあるまいか。

——なにかあったのかな。

風邪でも引いたのか。だが、そうであるなら、十蔵の家人からなんらかの知らせがあるのではないだろうか。

実際、十蔵は身体が頑健《がんけん》で、これまで風邪一つ引いたことがないのだ。持病があるとの話を耳にしたこともない。

——まさかなにか悪いことが起きたのではなかろうか。

心の中に黒雲が広がってきたのを富士太郎は感じた。

——いやいや駄目だよ、変なこと、考えちゃ。本当のことになっちまったらどうするんだい。

かぶりを振って富士太郎は文机に向かい、市中見廻りに出る前の書類仕事をはじめた。

坂巻のことが気になり、あまり集中できなかったが、書類仕事はなんとか四半刻ほどで終わった。

しかしながら坂巻十蔵は姿を見せない。

——やはりなにかあったにちがいないよ。

文机の上の書類をぱたりと閉じて、富士太郎は確信した。今や黒雲は渦を巻き、打ち消すことができないほど大きく成長していた。

——今から、坂巻さんのお屋敷に行ってみようか。

富士太郎がそんなことを考えたとき、からりと奥の襖が開き、守太郎が姿を見せた。

なにかあったね、と富士太郎は直感した。守太郎の血相が変わっていたからだ。

――きっと坂巻さんのことにちがいないよ。

固唾《かたず》を飲んで富士太郎は守太郎を見つめた。

「どうかしたのか」

文机から顔を上げた大田源五郎が守太郎に鋭くきいた。

源五郎はせっかちで、普段なら書類仕事もそこそこに詰所を飛び出していくのだが、それがまだ詰所に居残っていたということは、やはり十蔵のことが案じられてならないのだろう。歳が近いこともあるのか、源五郎は十蔵と特に仲がよいのだ。

もっとも、源五郎以外の定廻り同心もすべて文机に張りついたままだ。十蔵になにかあったのではないかと、富士太郎と同様、考えているにちがいない。誰もが真剣な眼差しを守太郎に向けていた。

定廻り同心の目を一斉に浴びて、守太郎がどぎまぎしたように大きく喉仏《のどぼとけ》を上下させた。咳払いをして気持ちを落ち着け、思い切ったように告げる。

「坂巻さまが亡くなられたそうにございます」

一瞬で詰所の空気が凍りついた。だが、その場にいる全員が呪縛を断ち切るように、ほぼ同時に立ち上がっていた。

嘘だろう、と富士太郎は思った。どうして坂巻さんが死ななければならないのか。

ううっ、とうめくような声が横から聞こえた。源五郎である。その後の言葉は一つとして出てこない。

他の三人の同僚も立ちすくみ、呆然としている。

「なにかのまちがいじゃないのかい」

歯を食いしばって、富士太郎はきいた。それでも、唇がわななないた。

悲しそうに守太郎が首を横に振る。

「いえ、すでに喜美太《きみた》さんが確かめてきたそうです」

喜美太とは、十蔵に仕える中間である。実直さで知られている。

「そうかい。それなら……」

まちがいないだろうね、との言葉を富士太郎は呑み込んだ。

「嘘に決まっておる」

昂然と顔を上げ、怒鳴るように源五郎がいった。富士太郎もそうであることを願ったが、喜美太が確かめたという以上、それを覆すことは難しいだろう。

「坂巻さまは……」

喉の奥から絞り出すように富士太郎はさらに問うた。

「なにゆえ亡くなったんだい」

――まさか。

「殺されたそうです」

顔をゆがめ、いかにもいいにくそうに守太郎がいった。

その言葉を聞き、まるで大勢がそこにいるかのように詰所の中がざわついた。

――やはりそうだったのか。いったいなんてことだろう。

あまりの出来事に富士太郎は立ちすくんだままうつむきそうになったが、必死に前を向いた。

「下手人は」

顔を真っ赤にした源五郎が大声でたずねた。両の拳を握り締め、仇のように守太郎をにらみつけている。

気圧《けお》されたように守太郎が、わずかに後ずさる。

「そ、それがまだわからぬようです」

声をうわずらせて守太郎が答えた。

「十蔵はどこで殺されたのだ」

なおも源五郎がきく。

「本郷竹町《ほんごうたけちょう》だそうです」

驚いたことに、富士太郎の縄張内である。

「よし、すぐにまいるぞ」

自らに気合を込めるように源五郎が叫んだ。

「ええ、行きましょう」

富士太郎は大声を出した。うわべだけでも自らを奮い立たせないと、今にも涙があふれ出し、動けそうになかったのだ。

前を行く喜美太の背中を、富士太郎はじっと見た。

ずいぶんとこわばっている。必死に道を急いでいるものの、その足取りもどこか雲を踏むかのような頼りなさがある。

——それも無理ないよ。喜美太は坂巻さんになついていたからね。もう亡骸は確かめたらしいけど、今でも坂巻さんが死んだなんて、信じられないんじゃないかな。

もっとも、それは富士太郎も同じである。一縷《いちる》の望みにすがるというのか、いまだに、なにかのまちがいなのではないか、との思いが心の奥底によどむようにある。

もっとも、詰所で十蔵の死を告げられたときに比べ、気持ちはだいぶ落ち着いてきており、十蔵の死が本当のことであっても、受け容れるだけの覚悟はできていた。

「喜美太、まだなのか」

苛立ちをあらわに、とがった声を発したのは源五郎である。こちらはせかせかとした足の運びで、焦れていることを隠そうとしない。

弾かれたように喜美太が振り向く。硬い表情をし、目が血走っていた。

「もう間もなくです」

喜美太の声は震えてこそいないものの、それは気丈《きじょう》さでなんとか平静を保とうとしているのが富士太郎には知れた。

すでに、富士太郎たちは本郷竹町に入っている。

空全体に薄い雲はかかっているものの、太陽の輪郭ははっきりしており、やんわりとした陽射しが地上に降り注いでいる。江戸の町は、まわりを衝立《ついたて》にでも囲まれているかのように風はほとんどなく、あたりを覆う蒸し暑さは相変わらずである。

ここまで早足で歩いてきて、富士太郎は汗びっしょりになっていた。汗を拭くため懐の手ぬぐいを取り出そうとして、手を止めた。まだ十蔵の死骸らしいものは視野に入っていなかったが、なにかざわざわと心をうごめかすようなものを感じたのだ。

——ああ、もうすぐなんだね。じき見えてくるだろうよ。

十蔵の死骸の場所が近いことを富士太郎は感じ取った。改めて汗を拭き、手ぬぐいを懐にそっとしまい込む。

「あそこです」

狭い路地に入ってすぐのところで喜美太が指をさした。

富士太郎が顔を上げて見ると、案の定というべきか、十間ほど先に人だかりができていた。野次馬の誰もが、こちらに背中を向けている。野次馬の群れの先には、古ぼけた鳥居の上のほうが眺められた。

あそこは、と足を速めて富士太郎は思った。中歌目《なかかめ》神社だろう。境内《けいだい》は狭いが、深閑《しんかん》とした静けさに覆われ、神さまの息吹が感じられるような厳《おご》かさに満ちている。中歌目神社は、良縁を結ぶことで知られる大国主命《おおくにぬしのみこと》を祭神とした神社である。

「どいておくれ」

土埃を上げ、小石をはね上げて人垣に近づいた喜美太が、野次馬たちに道を空けるようにいう。

「どけ、どくんだ。さっさとどけ」

殺気立った源五郎がその後ろで声を荒らげる。どかないと、本当に殺してしまうのではないか、と思わせるほど、その声音と姿には鬼気迫るものがあった。

実際、野次馬たちはその迫力に圧され、顔を引きつらせてあわてて道をあけた。

ちょうどできたばかりの人垣の割れ目から、路上に横たわる筵《むしろ》の盛り上がりが富士太郎の目に飛び込んできた。

その盛り上がりに、野次馬を突き飛ばすようにして近寄った源五郎が勢いよく片膝をつき、躊躇《ちゅうちょ》することなく筵をめくり上げた。

その口から、むっ、という声が漏れ、富士太郎の耳に入り込んできた。源五郎は、あらわれた死骸を見つめたまま身じろぎ一つしない。

源五郎の斜め後ろに控えめに立った富士太郎も、口の中で小さくうなるしかなかった。

一目で、息絶えているのが坂巻十蔵であると知れたのは、うつぶせになった横顔が、これまで数え切れないほどなじんできたものだったからだ。同僚で先輩でもある十蔵の顔は、どんなことがあっても見まちがえようはずがない。

最後の望みの糸がぷつりと切れた音を、富士太郎ははっきりと聞いた。

「坂巻……」

それまでこらえるように黙っていた源五郎が嗚咽《おえつ》に似た声で呼びかけた。両膝を地面につき、くくく、と奥歯を嚙みしめたような声を出した。源五郎の体が前のめりになり、今にも十蔵に覆いかぶさりそうだ。

しかし、検死医師の検死が済んでいない今、勝手に死骸に触れてよいものではない。その自制の心は源五郎にも働いたらしく、十蔵に覆いかぶさるのはなんとかこらえた。

富士太郎は、眼前に横たわる十蔵の亡骸を立ちすくんだようにじっと見た。

無念そうに開いた目には力がなく、ぼんやりとした眼差しを虚空に投げている。体は硬くなって久しいようで、殺されてからかなりの時がたっていることが知れた。

――この分だと、坂巻さんが殺されたのは、昨晩だろうね。四つから九つのあいだじゃないだろうか。

冷静に富士太郎はそんなことを考えた。こんなときだが、頭はすっきりと冴えているようだ。

「いったい誰がこんな真似を……」

しゃがみ込んだままの源五郎が、喉の奥から絞り出すような声を発した。

「十蔵、誰に殺《や》られたのだ。――答えろっ」

いうや、いきなり源五郎が十蔵の体をがばっと抱き起こした。あっ、と富士太郎は声を上げたが、それ以上なにもいわなかった。

源五郎と十蔵の仲である、この程度のことは許されてもよいのではないかという気がした。検死医師が来る前に亡骸に触れたからといって、別に法度《はっと》というわけでもない。

それに、と富士太郎は思った。検死医師の検死はもうほとんど必要ないよ。

源五郎が十蔵を抱き起こしたことで、富士太郎には十蔵の死因がわかったのだ。

十蔵の首筋に小さな二つの穴が開いている。

——きっと、あれが致命傷でまちがいないだろうね。二つの小さな穴といえば、考えられるのは一つだよ。

凶器は簪《かんざし》ではないだろうか。

そうにちがいないよ、と富士太郎は思った。

首筋に傷跡があるということは、十蔵は後ろから刺されたのだろう。

富士太郎は、中歌目神社を見た。この路地は神社への参道である。

——坂巻さんは神社を出て歩きはじめたところを、刺されたのかな。

十蔵の死骸は、鳥居を背にして倒れている。

下手人は女と考えてよいのだろうか、と富士太郎は思案にふけった。相手が女だから、坂巻さんは油断したのか。

いや、と心中で富士太郎はかぶりを振った。

——女の仕業と思わせるために、下手人は簪を凶器として使ったのかもしれないよ。断じるのは早計さ。

男による犯行であることも考慮に入れて、探索に当たらなければならない。

――それでも坂巻さんがあっさり背中を見せたということは、下手人は坂巻さんが信用していた者ということになるのかな。まさか後ろから刺されるとは思ってもいなかったんだろうね。

少しは気持ちが落ち着いたらしい源五郎が十蔵の死骸から顔を上げた。すぐに首筋の二つの穴が目にとまったようで、あっ、と声を上げた。

「これは……」

源五郎は無言になり、じっと二つの傷跡を見ている。

「凶器は簪でまちがいないな」

断ずるように源五郎がいった。

「よし、みんな――」

気構えを感じさせる声を上げてすっくと立ち上がった源五郎が、炎のような光りを宿した目で富士太郎やほかの同心を見つめた。

その眼光の鋭さに、富士太郎は身がすくんだ。

「ただいまより探索にかかるぞ。必ずや下手人を捕らえ、十蔵の無念を晴らすのだ」

力強い源五郎の言葉に、おう、と富士太郎たち全員が想いを一つにした。

「みんな、ちょっと寄ってくれ」

源五郎が、富士太郎以下の同心をいざなった。全部で五人の定廻り同心が、源五郎を中心に輪をつくる。

「十蔵の首には篭によってつけられたような傷跡があるが、これが女の仕業だと断定するわけにはいかぬ。先入主《せんにゅうしゅ》を持つことなく、探索に当たってくれ」

わかりました、と富士太郎たちは声をそろえた。

必ず引っ捕らえてやるよ、と富士太郎は胸を震わせるように決意した。

——必ずやおいらが下手人を挙げてみせるよ。なんといっても、ここはおいらの縄張だからね。誰が殺ったのかまだ知れないけれど、決して許さないよ。とっ捕まえて、獄門台送りにしてやるからね。

女が下手人の場合、裁きの場において罪一等を減じられることが少なくない。だが今回は、殺害された相手が定廻り同心である。情状酌量《じょうじょうしゃくりょう》されることは、まずないのではないか。

——うん、決してあり得ないよ。

もし罪一等を減じたりしたら、町奉行所をなめて、同じことをしでかす者が出てこないとも限らないのだ。

おそらく新任の町奉行は、と富士太郎は思った。女といえども、見せしめの意味を込めて、極刑を宣するのではないだろうか。きっとそうにちがいない。

「では大田さん、それがしも珠吉とともに探索をはじめます」

源五郎の顔をのぞき込んだ富士太郎は、強い意思を込めた口調でいった。

富士太郎を見返して、源五郎が顎を引く。

「富士太郎、頼むぞ。わしはおぬしを、ことのほか頼りにしておる」

「大田さんの期待に応えられるよう、それがしは力の限りを尽くします」

うむ、と源五郎が深くうなずく。

「むろん、わしもおぬしに負けぬように力を尽くす所存だ。十蔵を手にかけた下手人は、決して許さぬ。何があろうと引っ捕えてやる」

ほかの三人の同心や、そのそばについている中間たちも、富士太郎や源五郎同様、決意を秘めた表情をしている。

「それで富士太郎、なにから調べるつもりでおるのだ」

真剣な顔で源五郎がきいてきた。はい、と富士太郎は首を縦に動かした。

「坂巻さんの交友関係については、大田さんのほうが詳しいと存じます。それがしどもは――」

富士太郎は、ちらりと珠吉に眼差しを送った。珠吉が、それとわかる程度にうなずきを返してくる。

「坂巻さんがそれがしどもの縄張で昨晩なにをしていたのか、そのことをまずは調べようと思っております」

「それはまことによい考えだ」

「――ところで、大田さんに一つうかがいたいのですが、坂巻さんには女はいたのですか」

富士太郎に問われ、源五郎が難しい顔つきになった。

「わしも、そのことは考えていた。十蔵は五年ばかり前に内儀を亡くしてから、独り身を通していた。十蔵はまずまずもてた。ゆえに、女がいなかったはずはないが、十蔵の口からそのような者がいたとは、しかと聞いてはおらぬのだ」

「さようですか」

「実はな、富士太郎」

少しだけ源五郎が声をひそめた。

「十蔵には縁談話が持ち上がっておったのだ」

まことですか、と聞き返そうとして、富士太郎はとどまった。源五郎がこんなことで嘘をつくはずがない。

「相手はどなたですか」

富士太郎も低い声でたずねた。

「吟味方《ぎんみかた》与力の娘御だ」

「えっ、与力の娘御ですか」

「そうだ。悪くない縁談といってよい。いや、これ以上ない良縁といってよかろう」

もし坂巻さんに女がいたとして、と富士太郎は思った。その縁談のことを坂巻さんが女に告げたとしたら……。

「坂巻さんが殺されたのは、別れ話のもつれということは」

源五郎に強い目を当てて富士太郎は問うた。

「十分に考えられる」

強い口調で源五郎が同意してみせた。

「もし十蔵に女がいたとしたら、この町に住む者かもしれん。富士太郎、十蔵の女捜しはわしに任せてくれぬか」

「もちろんかまいません」

「だからといって、先ほどいったように、はなから女が下手人であるという先入主を持って探索に当たるつもりはない。地道に事実を調べ上げていくことが最も大事なことだからな。その上で、女が紛《まぎ》れもなく下手人であると断定できたら、ためらうことなくしょっ引けばいいのだ」

おっしゃる通りだよ、と富士太郎は思った。源五郎に新たな問いをぶつける。

「大田さん、このあたりに坂巻さんの馴染みの飲み屋など、ありましたか」

いや、と源五郎がかぶりを振る。

「この界隈を縄張としている富士太郎に説明の要もなかろうが、本郷竹町は番所からの帰り道にはならぬ。八丁堀からもだいぶ遠い。用がない限り、この界隈に足を運ぶことはなかろう」

それには富士太郎も同感である。

「本郷竹町に、わしが十蔵と一緒に飲みに来たことのある店は一軒もない。十蔵から、この町に馴染みの店があると聞いたこともない。それに、十蔵の亡骸からは酒の香りはまったくしなかった。仮にこの町にわしにも内緒にしていた馴染みの飲み屋があったにしても、相手はその飲み屋の女ではないような気がするな」

「坂巻さんは女との逢い引きで、この中歌目神社までやってきたということも考えられますね」

「その通りだ。もし坂巻に女がいたとしたら、この界隈に住んでいるのはまちがいないような気がするな。中歌目神社の近所かもしれぬ」

さようですね、と富士太郎はできるだけ明るく相槌《あいづち》を打った。これ以上、源五郎と話すこともなかった。

「では大田さん、これより探索にかかります」

「頼む」

珠吉を連れ、富士太郎はさっそく聞き込みに取りかかった。

同僚である坂巻十蔵が殺されたことで、いつも以上に探索に力が入る。

もちろん、どんな事件であろうと分け隔てがあってはならないが、やはり同僚が殺されたとなれば、なんとしても下手人を挙げ、獄門台に送らないと気が済まない。

――今はおいらたち定廻り同心だけだけど、きっとすぐに南町奉行所の者全員が、探索をはじめるに決まっているよ。

定廻り同心が殺されたとの事実は、町奉行所の者にとって、途方もない衝撃といってよいのだ。面目《めんぼく》に懸けても下手人を引っ捕らえなければならない。町奉行所の者が総がかりで探索する以上、もはや下手人に逃げ場はない。探索が不首尾に終わるというようなことは、まずあり得ないのだ。

歩を進めはじめるや、あっという間に流れ出した汗を富士太郎は手ぬぐいで拭いた。

——よもやこの天候のせいで、坂巻さんは殺されたんじゃないだろうね。

江戸の町内の者たちのいらいらは、今や頂点に達しているのだ。もしこの蒸し暑さに苛立った者が十蔵を殺したのだとしたら、富士太郎はこんなぐずついた空模様をいつまでも終わらせようとしない天を、怨《うら》みたくなってしまう。

——とっとと、夏らしい青空を見せてほしいものだよ。

すぐに富士太郎は顔をしかめることになった。今もどこからか、町人同士が喧嘩をしているような声が聞こえてきているのだ。

しかし、今の富士太郎には仲裁に入る余裕はなかった。

なにがなんでも坂巻十蔵を殺した下手人を挙げてやろうという気持ちしかない。それがかなえば、このいやな天気も消え去り、江戸の町にも心地よさが戻ってくるのではあるまいか。

気がかりそうな顔をしている。

二

「あなたさま、今からお出かけになるとのことですが、大丈夫でございますか」

居住まいを正したおきくが、決意したようにきいてきた。

茶の入った湯飲みを文机にそっと置き、端座したまま直之進は、にこりとした。

「おきく、そなたは昨日のことが気になっているのだな。しかし俺が襲われるなど、いつものことではないか」

「確かに、おっしゃる通りです。あなたさまは、嵐を呼ぶ男という異名をお持ちだそうですから、よく襲われるのは仕方ないことだと思いますが……」

嵐を呼ぶ男か。直之進は苦笑した。

「俺をそういうふうに呼んでいるのは、富士太郎さんと倉田《くらた》だけだが」

倉田佐之助《さのすけ》とは、先ほどまで秀士館の道場で一緒だった。佐之助は以前負った深い傷もすっかり治り、あとを引きずるようなこともなく、元気一杯である。表情からも翳《かげ》が消え、ずいぶん明るくなっている。幸せなのだろう、と直之進は考えている。

それでも、佐之助がときおり見せる凄みは昔と変わらない。秀士館の道場での稽古においても、すさまじいまでの技の切れを見せることがある。

門人たちの気が少しでもゆるんだと感じたら、間髪容れずに苛烈《かれつ》なまでの技を使ってみせるのだ。稽古をつけている門人の胴に竹刀を打ち込んで体を宙に浮き上がらせたり、強烈な突きを繰り出して門人を壁に向かって吹っ飛ばしたりしているのだ。それで、弛緩《しかん》していた道場内の空気は凍りつき、門人たちの気も一瞬にして引き締まるのである。

門人の胴を打ったり、突きを胸に当てたりする際は、佐之助はもちろん手加減をしている。それでも門人は息が詰まって苦しくてならないだろうが、だからといって死ぬようなことは決してない。

もっとも、ただ一度だけだが、佐之助は道場の壁を竹刀の突きでぶち破ったことがある。秀士館ができて間もない頃のことだ。門人たちに、自分がどの程度の腕の持ち主かはっきりと知らせるために、壁を竹刀で貫いてみせたのである。

いま思い出してみても、あのときの佐之助の竹刀には烈々たる力が宿っていた。

――もしあの突きをまともに受けた者がいたとしたら、まちがいなく死んでいただろう。

佐之助の稽古のつけ方がいかに厳しくとも、やめていくような門人はまだ一人もいない。佐之助の教え方が的を射たものばかりで、めきめきと上達していくからだ。しかもときおり見せる佐之助の笑顔が優しげで、その教えを受けることが楽しくてならない様子の者ばかりなのだ。

倉田に負けてはおれぬ、と直之進は思っている。できる範囲で剣術のおもしろさや上達する高揚感などを伝えていけたら、と考えている。今のところ、自分についてきてくれる門人の中で、脱落しそうな者はいない。

「どうされました、あなたさま」

不意におきくの言葉が頭に入り込んできた。

「ああ、倉田のことを思い出していた」

「倉田さまですか。皆さまでこちらにはお住みにならないのですね」

「うむ、そうだな。前にも話したが、倉田たちは新しい家に引っ越したばかりゆえ」

「新しいおうちをお買いになったのでしたね」

「そうだ。前の音羽町《おとわちょう》の長屋からさほど離れておらぬところにな。さして広くはないが、いかにも居心地がよさそうな家だ」

おそらく、と直之進は思った。今は佐之助の妻となっている千勢《ちせ》のこだわりが随所に感じられる家なのだろう。

「倉田さまは、音羽町からここまで毎日通われているのですね。音羽町を離れなかったのは、お咲希《さき》ちゃんのためだとか」

「血のつながりはないが、倉田はことのほか、お咲希ちゃんをかわいがっているゆえな。この世で最も大事と思っているだろう。倉田は、お咲希ちゃんのためなら命をもささげる覚悟だ。いずれ千勢どのとのあいだに実の子が生まれるやもしれぬが、そうなったとしても、お咲希ちゃんを大切に思う気持ちに決して変わりはあるまい」

「さようでしょうね。いかにも倉田さまらしいと思います」

「あの男は、もともと温かな心の持ち主なのだ」

それが一時は殺しを生業とし、町奉行所の者たちにも追われた。その罪も、江戸城が燃やされたときに将軍の命を救ったことでじきじきに許され、直之進と同じく、今は秀士館で剣術指南役をつとめているのだ。

　――人の運命というのは、わからぬものだ。

「今お咲希ちゃんは風邪を引いて寝込んでいるらしい」

　直之進はおきくに伝えた。

「えっ、さようですか。お咲希ちゃん、大丈夫でしょうか」

「医者にも診《み》せたというし、容体は落ち着いているとのことだ。もしあまりにひどいようなら、倉田は今日、稽古を休んだだろう」

「ああ、さようでしょうね」

　午後の稽古が終わると同時に佐之助は、すまぬな、と直之進に謝って一目散に家に帰っていった。お咲希への溺愛《できあい》ぶりがその顔にはっきりとあらわれていた。

　――本当に変われば変わるものだ。俺ももっと人として成長していかねばならぬ。さらなる高みを見ずに、もうこれで十分だなどと思うようになったら、人として終わりだろう。

　文机の上の湯飲みを手に取り、直之進は茶を味わった。苦みの中にほのかな甘みが感じられ、おきくが心を込めて淹《い》れてくれたのがわかる味だ。気持ちがほっと和《なご》む。

「ところでおきく、嵐を呼ぶ男で思い出したが、俺の沼里の知り合いに雪を呼ぶ男がおる」

えっ、とおきくが目を丸くする。

「雪を呼ぶのですか」

そうだ、といって直之進は文机に空の湯飲みをのせた。

「その男が行くところ行くところ、たいてい季節外れの大雪になるゆえ、雨男ならぬ雪男と呼ばれていたのだ。きっと今も、行く先々で雪を降らせていることだろう。――冗談はさておき、おきく、本当に俺のことを心配することなどないぞ。俺は、おぬしたちを残して死ぬようなことは決してないゆえ」

「はい」

きっぱりとした返事をおきくがよこす。

「――とはいえ、おきくが俺の身を案じるのは、至極当たり前のことであろう。今はなんといっても、直太郎もおるし」

直之進は、おきくの背に負われているせがれの顔をのぞき込んだ。かわいい寝息を立てて、すやすや眠っている。まさに天からの授かり物としか思えない。それだけ神々しいのだ。なにがあろうとも、直太郎を決して父なし子にしてはならぬ、と改めて心に刻みつけた。

「だがおきく、まことになにも不安がる必要などない。俺は死なぬ。人である以上、不死身だとはさすがにいえぬが、おきくや直太郎を残して死ぬようなことは決してない。信じてくれるか」

真剣な目でおきくが見返してきた。瞬き一つせず直之進を見つめている。やがてにこりとしてみせた。

「はい、信じております」

「かたじけない」

直之進の頭は自然に下がった。

今は昼の八つ過ぎである。道場での稽古は四半刻ばかり前に終わり、あとは気ままに過ごしてよい時が残されている。望む者には夕刻からの稽古があるが、幸いなことに今日はない。

直之進としては、本当は昼間の稽古を休んで鎌幸の行方を捜したいくらいの気持ちであったが、今は給金をもらっている身である。勝手な真似はできない。

もちろん、大左衛門に理由をいえば、稽古を休む許しをもらえたかもしれない。しかしながら、それでは直之進に剣術を教えてもらうことに喜びを見いだしている門人たちを裏切るような気がした。

――俺は冷たいのかもしれぬ。行方知れずになっているのが鎌幸ではなく、富士太郎さんや琢《たく》ノ介《すけ》、倉田だったら、稽古どころではなかったであろう。

今頃は、江戸の町を走り回っているのではないか。もっとも、鎌幸は害されていないのではないか、という思いがあるのもまた事実だ。

「夕餉《ゆうげ》までには戻ろうと思っておる」

平静な声で直之進はおきくに告げた。

「承知いたしました」

一つうなずいておきくが立ち上がり、文机の上の湯飲みを手にする。

「あなたさま、お気をつけて」

真剣な眼差しを直之進に当ててくる。うむ、と直之進が答えると、おきくが微笑した。襖が閉まり、おきくと直太郎の姿が見えなくなった。

背筋を伸ばし、直之進はかたく腕組みをした。やつらは、と昨日襲ってきた連中を頭に思い描く。

――紛れもなく、この俺から三人田を奪おうとしていた。

そのことを直之進は確信している。やつらは鎌幸の家を張ってまでして、三人田を我が物にしようとしていた。

刀架から三人田を取り、直之進は再び端座した。すらり、と引き抜いた。刀身は、体が引き込まれるような錯覚すら覚えるほど冴え渡っている。

じっと見ているうちに、刀身に襲ってきた男たちの姿がはっきりと映り込んだ。眉根を寄せ、直之進は男たちを瞬きすることなく見つめた。

――やつらは問答無用で俺を殺そうとしていた。

三人田は古今無双の名刀だけに、なんとしても手に入れたいという気持ちはわからないではない。

だが、なにゆえ人を害してまで奪おうというのか。そのことが直之進には解しがたい。

手に入れたいのなら、正式な手続きを踏んだほうがよい。そのほうが手間もかからない。

もっとも、鎌幸のもとを訪れた客人があの連中の一人であるなら、その男は三人田を譲ってほしいと鎌幸に頼んだというから、一応手順は踏んだのだろう。

しかし、当然のことながら鎌幸はその申し出を拒否した。なにしろ鎌幸は、実家である沼里の嘉座間神社から盗まれた宝刀を、三十年ぶりに取り戻したばかりなのだ。仮に目もくらむような大金を積まれたとしても、はいそうですか、と売るはずもない。

——鎌幸がどうあっても手放さぬことを知ったその客人は、三人田を預かっている俺を襲い、奪おうとしたのだ。

まだその客人が連中の一人であると決まったわけではないとはいえ、こういう筋書でまちがいないであろう、と直之進は確固たる思いを抱いている。

——しかし、いくらなんでもあまりにその客人とやらは直情に過ぎる。古今無双の太刀とはいえ、人の命を奪ってまでしてほしいものなのか。

秀士館をつくり上げた佐賀大左衛門は、刀剣の目利きとして名があり、大名や旗本からの鑑定依頼が引きもきらずにあった。だが目を刀で斬られ、幸いにも失明は免れたものの、刀剣の鑑定はあきらめざるを得なくなった。

もともと大左衛門は刀剣の収集家として有名で、おびただしい数の名刀を所持しており、三人田も心の底から欲したようだが、だからといって鎌幸を襲い、力ずくで奪おうなどとは決してしなかった。そんな考えなど、一度たりとも大左衛門の頭に浮かんだことはないだろう。

——となると、鎌幸のもとを訪れた客人というのは、常人とは異なる心の持ち主ということになる。

ほしい物を手に入れるためなら手立てを選ばず、という類《たぐい》の者なのだろう。

さらに思いを進めているうちに、一つの考えに思い当たり、ふむう、と直之進はうなり声を発した。

――あるいは、この太刀には、なにかまだ知られざる秘密があるのではないか。

三人田には大いなる秘密があり、それゆえどのような手を使っても、鎌幸のもとを訪れた客人は、この太刀を手に入れたいと考えているのではないか。

三人田の秘密か、と直之進は思案した。それを解き明かすことができれば、鎌幸のもとにもたどり着けるのではないか。

だが、それはただ一人で思いを巡らしただけでわかるようなことではない。

――三人田のことを誰にきくべきか。

貞柳斎がいいような気がする。鎌幸が見込んだ練達《れんたつ》の刀工である。鎌幸から三人田について、なにか聞いているのではあるまいか。

――よし、いまいちど貞柳斎どののもとに行くか。

心を決めた直之進は立ち上がり、三人田を鞘にしまい込み、腰に帯びた。

その瞬間、まるで雷電を受けたかのように背筋を中心に体の四方八方にしびれが走った。

うむう、と直之進はうなるしかなかった。

やはりこの太刀にはなにかある、と確信させる強烈さだった。

三人田が途轍もない力を秘めていることは、疑いようがない。その力を求めて、鎌幸のもとを訪れた客人は三人田を譲ってほしいといったのであろう。

――とにかく、三人田のことをもっと知らなければならぬ。鎌幸のもとを訪れた客人が今の俺と同じ考えなのであれば、鎌幸は無事であろう。三人田の秘密を知りたいと思っているのであれば、鎌幸がそれを洩らさない限り、殺すような真似はできぬ。

外に出ると、相変わらずの蒸し暑さが体にまとわりついてきた。それを振り切るように直之進は歩き出した。

石畳が敷かれた半間ばかりの幅の道は、十五間ばかり進むと、屋根つきの立派な門に突き当たる。そこに門番は置かれていないが、門は大きく開かれており、直之進は足早にくぐり抜けた。

門からは、田園風景を突っ切るように新しい道がまっすぐ延びている。歩きながら感じたが、江戸の町なかに比べ、風の通りはわずかにいいように感じられる。

直之進は三河島村にある鎌幸の家に向かって、ずんずんと大股に進み続けた。

鎌幸の家にあと二町ほどというところまで来て、足を止めた。

大木の陰に入り、直之進はあたりを見回した。昨日、人がひそんでいた藪《やぶ》に怪しい気配は感じられない。

――ふむ、今日は誰もおらぬようだ。

もはややつらには、と直之進は首をひねって思った。鎌幸の家を見張る必要がなくなったということなのではないか。

――つまり俺の身元がやつらに露見したということか。俺がどこに誰と住み、どんなことを生業にしているか、昨日のやつらに知られたということか。

さすがにいい気分とはいえず、直之進は唇を嚙んだ。すぐに昂然と顔を上げた。

――だが、決して俺は負けぬぞ。昨日襲ってきた連中になど、おきくや直太郎に指一本も触れさせせぬ。

直之進は、佐之助に昨日の出来事をすでに話してある。佐之助は、お咲希が風邪で臥せっていなかったら、一緒に鎌幸を捜したいといってくれたのだ。あの言葉に嘘はない。秀士館の道場での別れ際、直之進に見せた表情には、力になれず申し訳ない、という意味が込められていたのだ。

——いいやつだな。俺たちは、いま強い絆で結ばれているといってよい。

直之進は、千人もの味方を得たような気分になった。

——よし、行くぞ。

歩を進めた直之進は、鎌幸の家の戸を叩いた。すぐに、どなたさまですか、とわずかに警戒したような迅究の声が戸越しに届いた。直之進が名乗ると戸が開き、迅究の顔がのぞいた。ほっとしたような顔の中に、期待の色のようなものが見える。

「すまぬな、まだ鎌幸は見つかっておらぬ」

「さようですか」

迅究が落胆する。すぐに気づいたように、直之進に入るようにいった。

「お邪魔する」

頭を下げて直之進は土間に入り込んだ。迅究が戸を閉めると、家の中が暗くなった。

一段上がった板の間には貞柳斎が座っており、直之進に向かって丁寧に辞儀してきた。

「貞柳斎どの、ききたいことがあるのだが」

板の間のそばに立ち、直之進はいった。

「はて、なんでしょう」

小首をかしげ、居住まいを正した貞柳斎が真剣な瞳で直之進を見る。

一つ息をつき、直之進は、三人田の秘密について鎌幸から聞いたことがあるか、との問いをぶつけた。

直之進の言葉に、貞柳斎が深くうなずいた。

「三人田の秘密でござるか。三人田が途方もない力を持っていることは、今も湯瀬さんの体がまぶしいほどの光を帯びていることから、手前も確信しておるが……」

納得の顔で貞柳斎がいい切ったが、すぐに眉を曇らせた。

「しかしながら、手前は三人田の秘密についてはまったく知りません。鎌幸さんから、聞いたことはない。湯瀬さん、お役に立てず、まことに申し訳ないのう」

深々と頭を下げた。鎌幸のことが心配でならないのだろう、いくつも歳を加えたかのような貞柳斎の顔が、直之進にはさらに小さく見えた。せがれの迅究の顔にも、しわが少し増えたようだ。

この二人のためにも、と直之進は改めて決意を刻み込んだ。なんとしても鎌幸を見つけ出さなければならぬ。

「必ず鎌幸を捜し出してみせる」

貞柳斎、迅究父子を見つめて直之進は強い口調でいった。

「そして、おぬしたちのもとに連れて帰るゆえ、ここで待っていてくれるか」

「もちろんでござる。いま手前どもが頼りにできるのは湯瀬さんしかおられぬからのう」

貞柳斎がいい、その横に座った迅究がこうべを垂れた。

「湯瀬さん、なにとぞよろしくお願いいたします」

なにか慰めの言葉をかけたかったが、直之進には思い浮かばなかった。

「では、これでな」

きびすを返した直之進は戸を開け、外に出た。相変わらず蒸し暑い。

これからどこに行くか、直之進はすでに決めてある。七日前に鎌幸が訪れたはずの一膳飯屋である。

谷中片町にあるその一膳飯屋の名は、脳裏に叩き込んである。

玉沖は開いていた。

店はどこにでもある造りである。廊下のような狭い土間に、四つの長床几《ながしょうぎ》が置いてある。土間の両側に、四人は楽に座れそうな畳敷きの小上がりが三つずつ設けてあった。

六つの小上がりのうち、今は一つだけがふさがっている。職人らしい三人組の客が楽しげに刺身を肴《さかな》に酒を飲んでいた。

玉沖の店主である偉三《いぞう》によると、七日前、鎌幸は確かに店に来ていたとのことだ。三月ぶりの来店だったという。

これこそが江戸の味だなあ、なつかしいなあ、と満面の笑みで鎌幸は長床几で飯を食っていたという。江戸の飯はうめえや。やっぱり、よそとはひと味も二味もちがうよ。

それを聞いて偉三もうれしくなったそうで、おまけとして鯵《あじ》のたたきを鎌幸につけてやったという。それをまた鎌幸が、うまいうまい、といって食べるから、偉三は愉快になって、さらになにかおまけをあげようとしたが、それは女房に止められたらしい。

「鎌幸は、七日前の何刻頃《なんどき》、この店に来たのかな」

気づいたように偉三がねじり鉢巻を取った。

「あれは夕刻でしたね。今よりも少し遅いくらいでしたよ」

今は七つを少し過ぎたあたりか。きっと鎌幸は七つ半頃にやってきたのだろう。そのくらいになれば、いくら今が昼の長い時季だといっても、暮色を感じられるようになる。

「鎌幸は、この店にはどのくらいいたのかな」

「鎌幸さんがお帰りになったのは、五つ半くらいでしたね」

久しぶりの江戸の味によほど心打たれたのか、二刻もいたのだ。

「まだ鎌幸さん、見つかっていないんですね」

ねじり鉢巻を手のうちでぐるぐるとねじって、偉三が心配そうにきいてきた。

「うむ、まだだ。だが案ずることはない。この俺が必ず見つけ出す。――ところで、ここで勘定を支払ったあと、鎌幸はまっすぐ帰るといっていたのか」

「いえ、ちがいますよ。ここから三軒先にある月野出《つきので》という飲み屋に行ったみたいですよ。月野出に置いてある磯桜《いそざくら》という酒を飲みたかったみたいですね」

　このことは昨日きいたとき、迅究はいっていなかった。

「磯桜というのは、滅多に口にできぬ酒なのか」

「なにしろ蔵が小さくて、醸《かも》す量が余りに少ないですからね。江戸の田舎《いなか》のほうで醸されているんですが、豊潤な旨口《うまくち》の酒で、飲むと癖になりますよ。あっしも仕入れたくてならないんですけど、順番待ちみたいになっていて、なかなか回ってきませんや」

　いかにも残念そうな口ぶりの偉三に、感謝の思いを伝えて玉沖を出た直之進は、三軒先にある月野出に足を運んだ。

　こちらも店は開いており、通りに面した小窓から、魚を焼く煙が盛大に上がっている。店内には、すでにかなりの客が入っていた。どうやら、客の誰もが磯桜という酒を飲んでいるようだ。

　直之進はもともと、酒に強いほうではなかったが、根は好きだ。磯桜という酒には相当惹かれるものがあったが、ここで飲むわけにはいかない。

　直之進は鎌幸のことを、厨房に立つあるじの吟吉《ぎんきち》にたずねた。

　吟吉によれば、七日前、鎌幸はこの店に確かにやってきたとのことだ。すでに聞《き》こし召《め》しているようで肴は頼まず、磯桜ばかり飲んでいたそうだ。半刻ばかりできっかり五合飲んだのち、勘定にしたらしい。

「鎌幸さんは真っ黒に日焼けしていて、一見したときはすぐにそうだとはわからないくらいでしたけど、あれだけ飲んだのに足取りはしっかりしたもので、長旅のあとといっても、やっぱり鎌幸さんは鎌幸さんだと感心したものですよ」

鎌幸は酒に強いのか、と直之進は思った。そのことはこれまで知らなかった。むしろ、弱いのではないかとなんとなく感じていた。

「勘定をしたあと、鎌幸は家に帰るといっていたかな」

「さてそろそろ帰るか、とはいっていましたけど、店の外に出た鎌幸さんに声をかけた人がいましてね」

「それは誰だ」

我知らず直之進は強い口調で問いただしていた。その言葉の鋭さに、えっ、と驚いたように吟吉が身を引く。こわごわと直之進を見ている。

「すまぬ、驚かせてしまったな」

「いえ、いいんですけどね」

ふう、と吟吉が息をついた。

「お侍、ずいぶんと怖いお顔をされますね。いきなりお変わりになったんで、びっくりしちまいましたよ」

「すまぬ」

申し訳なさを覚え、直之進は謝った。

「おぬしをおどかそうなどという気持ちは、まったくないのだが」

「お侍がそれほどむきになられるってことは、鎌幸さんによからぬことでもあったんですかい」

「店主、他言無用にしてもらいたいのだが、よいかな」

「はい、もちろんですよ。あっしの口は磯のさざえよりも堅いって評判ですから」

そうか、と直之進はいった。

「鎌幸は、かどわかされたかもしれぬのだ」

周りの誰にも聞こえないように、直之進は声をひそめて告げた。

「えっ、まことですかい。誰にですかい」

のけぞった吟吉が目を大きく見開いて直之進を見る。どうしたんだ、といいたげに店内の客の目が一斉に吟吉に集まった。

「ああ、すみません。大声を出しちまって」

直之進に向かって吟吉が頭を下げる。

「それを俺は調べておる」

押し殺した声で直之進は伝えた。

「ああ、そういうことですかい」

なるほど、というように吟吉は納得した顔になった。

「それでだ、店主。話を戻すが、この店を出た鎌幸に声をかけたのは何者だ」

「ああ、さようでしたね」

気持ちを落ち着けるように咳払いした吟吉が、唇をそっとなめた。

「あれは、手前も知っている人ですよ。近所に住む戸鳴鳴雄という人です」

「となるなるお、というのか。ずいぶん珍しい名だな」

「戸鳴さんは戯作者を目指しているんですよ」

「では、筆名なのだな」

「さようです。今のところは、まだ戯作者もどき、といったところでしょうけど。日本橋の富東屋さんという版元に草稿をときおり持ち込んでるみたいですよ」

「鎌幸は、その戸鳴鳴雄という男と知り合いなのか」

「ええ、たまにうちで顔を合わせますからね。刀のことで話が合うようですよ」

「刀のことを話しているのか」

戸鳴鳴雄という男はこたびのかどわかしに関係あるのだろうか。これは、大きな手がかりなのではないか。

「戸鳴鳴雄という者は、刀に詳しいのか」

「詳しいのかもしれませんが、戯作を書くためにいろいろと鎌幸さんに聞いているような感じでしたよ」

そうなのか、と直之進は思った。

「鎌幸は、戸鳴という男に声をかけられて、どうした」

「あっしがなにげなくこの窓から見ていましたら、鎌幸さんは戸鳴さんと肩を組んで一緒に歩いていきましたよ」

「どちらに向かった」

「あちらです」

小窓をさした吟吉の人さし指が西を向く。

「西のほうに戸鳴という男の家があるのだな」

「ええ、ありますよ。話を聞きに行かれますかい」

「そのつもりだ」

「この道を一町ほど行くと、高い塀に囲まれた大きな屋敷があります。前は商家の持ち物だったんですが、その商家はあっさりと潰れちまいました。今は空き家らしいとも、買い手がついたとも聞きますけど、その屋敷の前に建つ小さな一軒家が戸鳴さんの家ですよ。枝折戸《しおりど》にちっちゃな階段がついていますから、すぐにわかると思います」

吟吉に礼をいって直之進は戸鳴鳴雄の家に向かった。

道沿いに、高い塀が続く宏壮な屋敷があった。おびただしい樹木が、外からの目をさえぎるように鬱蒼《うっそう》と茂っている。

——これが空き屋敷なのか。これだけの屋敷が放っておかれるなんて、なんとももったいないものだな。

江戸では土地が不足していると聞いたことがあり、空き家が出ればあっという間にふさがるらしいが、それは日本橋を初めとした繁華街の商家などに限られるのだろう。

谷中片町あたりでは、これほど大きな空き家が出ても、そうそう買い手がつくものではないのかもしれない。

木々のあいだから、母屋のものらしい屋根が見えている。立派としかいいようがない瓦屋根である。母屋のほかにも、離れや東屋《あずまや》などがありそうだ。

空き屋敷という割に、母屋の屋根に草が生えているということもなく、瓦がずり落ちてもいない。

一見した限りでは、木々はまったく手入れをされていないようだが、屋敷自体、まったく手が入っていないということはないようだ。

――空き家ではないようだな。やはり誰か買い手がついたということか。いったいどういう人物なのかな。

そんなことを考えたとき、直之進は、空き屋敷から重い気が漂い出てくるのを覚った。

――なんだ、これは。

足を止め、直之進は眉根を寄せた。屋敷のほうをじっと見る。敷地内から流れ出ている気は、どこか粘っこさを感じさせるものがある。今の江戸を覆っている蒸し暑さより、ずっとたちが悪いように思えた。

――この気はなんなのか。屋敷の持ち主が発しているのだろうか。もしや、いま中にいるということはないのか。

気にはなったが、今はそんなことを斟酌《しんしゃく》している場合ではない。歩を進めた直之進は、戸鳴鳴雄の家とおぼしき一軒家の前に立った。宏壮な屋敷の西の端というべき場所に、家は建っていた。

——このようだな。

目の前に枝折戸がついており、その先に五段ばかりの狭い階段が設けられていた。

階段を上り、丸くて小さな飛び石を踏んで直之進は戸口に進んだ。戸に向かって訪《おとな》いを入れると、ややあって、はい、と若い男のものらしい返事があった。戸の向こう側に人が立ったのを、直之進は覚った。

「どちらさまですか」

戸越しにきかれて、間を置くことなく直之進は名乗った。

一瞬、妙な間が空いた。俺の名乗りが聞こえなかったのか、と直之進がいぶかしんだ次の瞬間、戸が横に滑りはじめた。

一人の小柄でやせた男が顔を見せた。血走った目をしているが、明るい笑みをたたえて直之進を見ている。まだ若い男ではあるが、それでも歳は三十近いだろうか。自分より少し下くらいの歳ではないか、と直之進は感じた。

「戸鳴鳴雄どのか」

男を見つめ返して直之進はたずねた。

「はい、手前が戸鳴ですが。……湯瀬さまとおっしゃいましたか」

鳴雄が直之進の顔をのぞき込んできた。

「お目にかかったことがありましたか」

「いや、おぬしに会うのはこれが初めてだ」

そうですよね、というように鳴雄がうなずいた。

「お上がりくださいといいたいところですが、中はひどく散らかっておりまして……」

「いや、気遣いは無用だ。少し話を聞きたいだけだ。ここでよい」

「お侍を戸口に立たせたままというのは、心苦しいものがありますが。おや――」

大きく見開かれた鳴雄の目が、直之進の腰のあたりに向けられている。

「それはまた、すばらしい刀ですね」

直之進の差料《さしりょう》を凝視して、鳴雄が感嘆の声を出した。一瞬、三人田を見て舌なめずりをしたのではないか、と直之進は感じた。

「刀がお好きなのかな」

平静な声音で直之進は問うた。

「ええ、大好きですよ」

首を縦に動かして鳴雄が答えた。

「それはきっと名のある刀なのでしょうね」

「俺の差料は鞘におさまっているが、それでもよさはわかるのか」

「もちろんですよ」

人なつこい笑みを浮かべて鳴雄が断言した。

「よい刀というのは、たいてい拵《こしら》えもよいものです。湯瀬さまのお腰の物も、すごくよい出来の拵えですね。しかしながら、手前が湯瀬さまのお腰の物をすばらしいといったのは、お腰の物がなにやら強い気を発しているからですよ」

ほう、これがわかるのか、と直之進は半ば感心した。

——なかなか大したものだな。

「おぬしの刀好きは生来のものかな」

直之進は新たな問いをぶつけた。

「生来のものといえば、そうなのでしょう。死んだ父親が大好きでしたから。手前はその血を受け継いでいるのですよ」

「父上が大好きだったのか……」

「ええ、夢中でした。刀を集めるのに、まさに血道を上げていましたよ。手前は、その父の影響を受けているのです。手前の父はそれこそ何十振りもの刀を集めましたが、結局のところ、貧乏になって、すべてを手放さざるを得なかったのですがね」

「それは気の毒に」

「収集した中には名刀と呼ばれるだけのものもあったのですが、今はいったいどこにいってしまったのやら。行方がわかれば買い戻したいところですが、まあ、先立つものもありませんし、それも夢のまた夢ですね」

全身から醸される雰囲気はどこか暗さを覚えさせるが、鳴雄は明るい声音で話す男で、口調も歯切れがよい。ただし、どこか上方《かみがた》の訛《なま》りを感じさせるところがある。

「それで湯瀬さま、なにかご用があっていらっしゃったのではないですか」

うむ、と直之進は顎を引いた。

「おぬし、鎌幸という男のことを存じているかな」

「ええ、知っていますよ。刀の売買をしていらっしゃるお方ですよ」

「七日前の晩のことだ。鎌幸と一緒だったか」

「七日前ですか……」

眉間にしわを寄せ、鳴雄が考え込む。月野出のそばで声をかけただろう、と口を出すのはたやすかったが、直之進は黙っていた。

「ああ、思い出しましたよ。月野出を出てきた鎌幸さんとばったり会ったんでしたっけ。あれは七日前ですか。もうそんなにたつんですねえ。日が過ぎるのはほんとに早いものですねえ」

「鎌幸と肩を組んで道を歩いていったそうだが、その後、一緒に飲んだのか」

「いえ、飲んでいませんよ。なにしろ三月ぶりでしたから飲みたかったんですけど、手前には仕事がありましたんで」

「仕事というのは戯作か」

「そうです。しかし、まだ物にはなっていないんですが。版元に持っていく草稿を仕上げなきゃいけなかったのですよ。ただ、そのときの草稿も物にはなりませんでした。今度こそ、向こうをうならせる物を書かなきゃいけないもので、手前は必死なんですよ」

闘志らしいものを顔にみなぎらせて鳴雄がいった。

「必ずやぎょふんといわせてやる」

これは独り言のようだが、これまでの鬱憤《うっぷん》が含まれているように直之進は思った。がんばってくれ、としか今はいいようがない。

「鎌幸とはどうして知り合いになった」

口を開いた直之進は新しい問いを発した。

「月野出で、ときおり顔を合わせていたからですよ。手前が一人で飲んでいて常連さんの話を聞くともなしに聞いていたら、鎌幸さんが刀剣商いの仕事をされているのがわかって、こりゃいいや、と思って手前から話しかけたのがはじめだったはずですよ」

「七日前の夜、鎌幸とは、どこで別れた」

「この家の前ですよ」

「おぬしと別れて、鎌幸はどうした」

「家に帰るっていってましたよ」

「それが帰っておらぬのだ」

「ええっ」

目をみはって鳴雄が驚く。その所作にわざとらしさは感じられなかった。

「あれから鎌幸さん、家に帰っていないんですか」

「そうだ。行方知れずだ」

「それで、湯瀬さまとおっしゃいましたか、鎌幸さんを捜していらっしゃるのですね」

「そういうことだ」

直之進は深くうなずいた。

「今のところ、鎌幸と会った最後の男はおぬしのようだな」

「いえ、手前はなにも知りません。家の前で帰っていく鎌幸さんを見送りましたから」

ごくりと唾を飲み込んだ鳴雄がきいてきた。

「鎌幸さんは見つかりそうですか。手がかりはありましたか」

「必ず見つけ出すが、今のところ手がかりはない。七日前、鎌幸とは肩を組んでここまできたそうだが、二人でどのような話をしたのだ」

「酔うと、鎌幸さんはいつも肩を組んでくるんですよ。話といっても、ほんの一町ばかりを歩いただけでしたから大したことを話したわけじゃありません。刀のことを話しただけです」

考えに沈んだ直之進は、しばらく口を閉ざしていた。

「三人田という名を聞いたことがあるか」

思い切って直之進はたずねた。

「さんにんだ、ですか」

首をかしげ、鳴雄がきょとんとした。

「それはいったいなんですか。どんな字を当てるんですか」

直之進は鳴雄に強い眼差しを注いだ。鳴雄の面には怪訝《けげん》そうな思いと好奇心が同時に浮かんでいる。いかにも戯作者らしい表情に直之進には見えた。本当に三人田について知らぬのではないか、と感じた。

「その一町ほどの道のりのあいだ、鎌幸に妙なところはなかったか」

「妙なところですか」

「なにかにおびえているとか、人目を気にしていたとか、そのようなことはなかったか」

「いえ、なかったですねえ。三月ぶりでしたけど、いつもとまったく変わらない鎌幸さんでしたよ」

「鎌幸に女はいたか」

「この界隈でも女を買えるところはいくらでもありますけど、鎌幸さんはあんまりそういう店には出入りしていませんでしたねえ。手前もそうですけど、鎌幸さんの場合、お足がなくてということじゃないでしょうねえ。あまり女が好きではないんだと思いますよ」

「そうなのか」

鎌幸は実は男が好きなのだろうか。もしそうなら、直之進はあまりぞっとしない。

「陰間《かげま》はどうだ」

「鎌幸さんはそちらにも関心がないと思いますよ。むしろ嫌悪しているんじゃないですかね」

それを聞いて直之進は安堵した。

「ところで話は変わるが、この家の隣りにある屋敷は誰のものだ」

きかれて鳴雄が首をひねる。

「さあ、手前もよく知らないんですよ」

ちらりと屋敷の方向を見やって、鳴雄が答える。

「空き屋敷といわれていたようですが、今はもう買い手がついたのか、空き家ではないようですけど、人を見かけたことはありませんねえ」

「噂でも聞かぬか」

「ええ、手前も近所の年寄りやらにきいてみましたけど、一人として知っている者はいませんでしたよ」

「謎の人物というやつか」

「そういうことになりましょうね」

「以前は商家の持ち物だったらしいな」

「ええ、さようですね。その商家がなんという商家だったか手前は存じませんが、潰れてしまい、家人は四散したようですよ」

「それはまた哀れだな」

「まったくです」

笑みをたたえて鳴雄が見つめていることに、直之進は気づいた。

「どうかしたか」

「湯瀬さま、忍び込んでみようとお考えになったのではありませんか」

「うむ、気になるゆえ考えぬでもなかった」

「手前も何度もあります。でも怖いですから、今まで一度も忍び込んだことはありません」

「怖いのか」

「ええ。あの屋敷にはいろんな噂がありましてね。忍び込んだ盗人がそのまま出てこなかったという話や、すすり泣く女の声が聞こえてきたり、悲鳴のような男の叫び声がときおりこだましてきたりするって話ですよ」

「おぬしはそのような声を聞いたことがあるのか」

「いえ、こんなに近くに住んでいるのに、残念ながら一度もありません。聞こえてきたら、戯作に取り入れることができるのにと、ちょっと悔しいですよ。だからといって、出てこられなくなってしまっては戯作どころではないですからね。入ろうとは思いません。近所の者たちも、潰れた商家の家人の幽霊が出るといって近づきませんよ」

「さっき男の叫び声がすることもあるといったな」

「はい、申し上げました」

「そうか、男の叫び声か」

近所の者も恐れて近づかない屋敷ならば、監禁場所として最適なのではないか、と直之進は思った。鳴雄の言葉が本当だとして、この家を通り過ぎたあと鎌幸がすぐに何者かにかどわかされ、あの屋敷に連れ込まれたとしたらどうだろうか。悲鳴を上げている男が、拷問を受けている鎌幸ということはないだろうか。

――十分に考えられる。

忍び入ってみるか、という誘惑に再び駆られた。

首を回して直之進は、鳴雄の家の狭い庭を見渡した。すでにあたりは暮色にすっかり覆われている。やるぞ、と直之進は決意した。

「どうかされましたか」

うかがうような目で鳴雄が直之進を見つめていた。

「いや、なんでもない。造作をかけた」

「とんでもない。鎌幸さんが無事に見つかったら、是非ともつなぎをいただけますか」

「承知した。必ず知らせよう」

「ありがとうございます」

腰を深く折る鳴雄に向かって礼をいった直之進は体を返し、再び踏石を歩き出した。戸が閉まる音がし、振り返るまでもなく鳴雄が家に引っ込んだのが知れた。

階段を下り、枝折戸から外に出る。またもやじっとりとした大気に包まれ、体中に汗がにじみはじめた。

鳴雄の家のすぐ横の辻を右手に折れると、またも宏壮な屋敷の塀があらわれた。一間ほどの幅の道を半町ほど進む。

塀が唐突に切れたところが辻になっており、直之進はそこを右に曲がった。十間ばかりで足を止める。

ここは、宏壮な屋敷の裏手に当たる。つま先立ちになって、塀越しに中の気配をうかがった。静かなものだ。人がいるようには思えない。確かに幽霊が出そうな雰囲気は濃い。

直之進の立つ道は狭く、幅は半間ほどしかない。前後に人影は一切なく、相変わらずの蒸し暑さの中、静寂の幕が重苦しげに垂れている。

首を左右に振って、直之進は改めてあたりの様子を見た。人がやってくるような物音はせず、気配もない。

股立《ももだ》ちを取り、着物の袖をたくし上げた。下《さ》げ緒《お》を使い、三人田を鞘ごと背中に負う。

——これでよし。行くぞ。

道の反対側の端まで寄り、そこから勢いをつけると、塀に向かって両手を伸ばし、跳躍した。塀の上に目論見《もくろみ》通り手がかかった。

よし、いける。直之進は腕に力を込め、足で塀をかいて体を持ち上げようとした。

「なにをしておる」

そこにいきなり声がかかった。驚いてそちらを見やると、二つの影が近づいてくるところだった。二人とも腰に両刀を差している。谷中片町の付近には、武家の下屋敷が多い。二人はその手の屋敷にいる侍かもしれない。あるいは、この屋敷の持ち主に仕えている者か。今や距離は三間もない。

——まずい。

あわてて塀を下り、直之進は二人の侍とは逆の方向へ走り出した。

「逃げる気かっ」

「待てっ」

二人が怒鳴りつけてきたが、むろん直之進にその言葉にしたがうつもりはない。すぐに通りに出て右に曲がった。

左に行けば谷中片町の大通りにすぐに出るが、右側は田んぼや畑につながっている。

人けのない道を一気に走り抜けた直之進は、肥《こえ》のにおいがひときわ濃く漂ってきたのを感じた。道が田園に出たのだ。

闇の中、後ろを振り返った。二人の侍の影は暗さに紛れて見えなかったが、まだ気配はしている。

逃げずともよいのではないか、と思ったが、ただ怪しいからという理由であの屋敷に忍び込もうとしたのは、こちらである。悪いのは自分だろう。あの屋敷を怪しむ理由を告げたくもない。釈明の時ももったいない。やはりここは逃げるほうが賢明にちがいない。

直之進は、わずかにぬかるんでいる道をひたすら駆けた。泥のはねが盛大に上がっているのがわかる。

どのくらい走ったものか、後ろを振り返ってみると、二人の侍の姿はどこにも見えなかった。振り切ったようだ。

もっとも、二人ともはなから本気で直之進を追う気はなかったのではあるまいか。

今夜はこのまま日暮里の秀士館に引き上げるしかない。

仮に先ほどの二人の侍が、あの屋敷の者ならば、警戒を怠ることはまず考えられない。

――くそう、しくじったな。

まさかあんなところで見つかるとは、夢にも思わなかった。へまとしかいいようがない。

だが、直之進にあきらめる気はない。また明日の晩にでも、あの宏壮な屋敷に忍び込むつもりでいる。

――今宵はゆっくり休み、明日また改めて、ということだ。明日の稽古のあと、あの屋敷の持ち主のことをじっくり調べてもよいかもしれぬ。

そのような思案を巡らせつつ、直之進は秀士館へと道を急いだ。

その道すがら、昨日の連中が襲ってこぬか、と気を張っていた。

幸いにもというべきか、そういうこともなく、直之進は無事におきくと直太郎の顔を見ることができた。

おきくが支度してくれていた遅い夕餉を取り、その後、水浴びをしてさっぱりした。

おきくがのべてくれた寝床に横たわり、ほっと息をついた。

どこか気がかりそうにおきくが直之進を見つめてくる。

かたわらに敷かれた小さな寝床に直太郎が横になり、すやすやと安らかな寝息を立てている。

――この子のためにも俺は死なぬ。

目をおきくに向け、直之進はうなずきかけた。両手を広げる。

安堵したように、おきくがしなだれかかってきた。

背中をそっとさすってやると、おきくが大きな吐息を漏らした。

「こうしていると、とても安心します」

「俺もだ」

「ずっとこうしていたい」

「時が止まってくれたらよいな」

「本当に」

欲望が頭をもたげてきたが、それを抑え込んで、しばらく直之進はじっと動かずにいた。

やがて、おきくの寝息が聞こえてきた。直太郎と同じく、とても安らかな寝息である。

直之進の胸の上で眠っている。安心しきっているのがよくわかる。

直之進は腕に力を込め、おきくを優しく抱き締めた。そうすると、おきくの体温が伝わってきて、自身、とても幸せな気持ちになることができた。

——この平穏な時を、大事にしなければならぬ。決して壊すわけにはいかぬ。俺はこの二人をどんなことがあっても守らねばならぬのだ。

だが、それでも、鎌幸は見つけ出さなければならない。どんな手を使ってもだ。

鎌幸を連れ戻し、貞柳斎と迅究の二人を安心させなければならない。

必ず鎌幸を捜し出す。

その思いを心に深くしまい込んで、直之進は眠りに就いた。

あっという間に、眠りの坂を転がり落ちていき、意識は暗闇に包み込まれた。

第三章

一

髪を振り乱している。

まるで激戦を終えたあとの相撲取りのように、髷《まげ》が曲がってしまっている。大田源五郎は知らせを聞くやいなや探索を取りやめ、あわただしく奉行所へ戻ってきたにちがいあるまい。

「富士太郎、下手人を捕らえたというのはまことか」

富士太郎の両肩に手をかけ、源五郎がきく。目が血走り、息が上がっている。

すでに富士太郎からは、坂巻十蔵殺しの下手人を捕まえたときの高揚した気持ちは消えつつあった。

「まことのことです」

源五郎を見つめて、富士太郎は平静な口調で答えた。

「そうか。富士太郎、でかしたぞ」

賞賛の言葉のあと、富士太郎の肩からそっと手を離した源五郎が深い吐息を漏らした。できれば自分で捕らえたかったのだろうが、それでも十蔵殺しの下手人が捕まったことで、心の底からの安堵を覚えたようだ。

下手人を捕縛したからといって十蔵の無念を晴らせるわけではないのだろうが、ひと区切りついたのは事実である。

源五郎の満足げな顔を目の当たりにして、富士太郎は本当によかったと思った。源五郎の手で捕縛できれば最もよかったのだが、誰が捕らえようと、とにかく早く解決するに越したことはないのだ。

「それで、下手人はどこにいる」

思い出したように源五郎がきいてきた。

「取調部屋におります」

「吟味方の調べは、はじまっておるのか」

問われて、富士太郎は小首をかしげた。

「まだではないかと」

「ならば富士太郎、ちと行ってみようではないか」

はっ、と返して富士太郎は、歩き出した源五郎のあとに続いた。

大門の長屋にある同心詰所を出た源五郎はすぐに右に折れ、せかせかとした足取りで奉行所の建物に向かっていく。

一刻も早く下手人を目の当たりにしたいようだ。それだけでなく、なにゆえ坂巻を殺したのか、じかに理由をききたいのだろう。

「富士太郎、下手人は、やはり女だったそうだな」

ちらりと振り返って源五郎が確かめてくる。

「さようです。凶器の簪は、下手人の持ち物でした」

「下手人の名は」

「おさんです」

おさん、と源五郎が口の中でつぶやいた。わずかに歩調をゆるめたのは、その名に心当たりがないか、思い出そうとしたからのようだ。

「おさんというのは何者だ」

結局、源五郎の記憶の網におさんという名は引っかからなかったようだ。再び足早に歩きはじめた源五郎が背中できいてきた。

「飲み屋の女です」

「飲み屋というと」

「湯島《ゆしま》六丁目にある諏訪来《すわらい》という一膳飯屋です」

十蔵が殺されたのは本郷竹町で、湯島六丁目は隣接している。

「湯島六丁目は俺も昨日、さんざん当たってみたが、なにもつかめなんだ。そうか、十蔵の女は、諏訪来という一膳飯屋で働いていたのか」

「諏訪来は昼でも薄暗い裏路地にある小さな店で、夜は居酒屋になりますが、暗い提灯《ちょうちん》が一つ、ひっそりと灯されているに過ぎませぬ。狭い土間に長床几と樽の腰かけが置いてあるだけで、六、七人の客が入れば一杯になってしまいます。女は、おさんを含めて四人が働いておりました。窮屈な階段を上がった先の二階には、その手の部屋が一つありました」

最後のほうは口にしにくかったが、富士太郎はあえていった。

「その手の部屋か……。つまりおさんという女は、諏訪来で春をひさいでおったのだな」

「どうやらそのようです」

「そうか、諏訪来は女に春をひさがせている店か」

立ち止まった源五郎が振り返って、富士太郎をにらむように見た。

本来ならばそんな売春宿は取り締まりの対象としなければならないのだが、昔はともかく、今は目こぼしすることのほうが多い。店主がよほどの悪行を重ねているか、目に余るようなあくどい真似をしていたら別だが、町奉行所にしょっ引くようなことはまずない。

「だが富士太郎、わしはそのような女を、見下したことは一度たりともないぞ」

憤然としたように源五郎がいう。

「おっしゃる通りだと思います」

実際、れっきとした大名や大商人が側室や妾《めかけ》として吉原の女を落籍《らくせき》したり、江戸の町人が岡場所の女を身請《みう》けして女房にしたりしていることからもわかるように、身を売っているからといって、人に蔑《さげす》まれるようなことはあまりない。

むろん、江戸に暮らすすべての者がそのような女たちに寛大なわけではないが、なにしろ妾奉公が女として当たり前の生業として認められているのがこの町の通り相場なのだ。

「わしの性情を十蔵は知っていたはずだ。だがわしに、おさんのことを告げなかった。十蔵から、おさんという馴染みの女がいることなど、これまで聞いたことがなかった」

いかにも無念そうに源五郎がいった。

「おさんというのは、わしにも秘密にしたかった女なのか」

「坂巻さんには、なにか話せない理由があったのではないでしょうか」

「そうかもしれぬが、やはりおさんのことはわしに限らず、秘密にしておきたかったのであろうな……」

源五郎はきびすを返し、うつむき加減に歩いていく。

「それにしても富士太郎、よくおさんを捜し出したな」

源五郎の口調には、嘘偽りのない感嘆の念が込められていた。

「本郷竹町界隈を聞き込んでいる最中、坂巻さんらしい者の姿を見かけたという町人を運よく見つけることができました。それからはさしたる時もかからず、諏訪来にたどり着きました」

「そうだったか。十蔵も、よく諏訪来のような店を知っていたものだ」

「実は、坂巻さんは、以前おさんが働いていた赤坂新町《あかさかしんまち》の富実吉《とみきち》という煮売り酒屋に足繁く通っていたそうです」

「赤坂界隈は十蔵の縄張だったな」

少し悲しげに源五郎がつぶやく。

「富実吉で馴染みだった女が湯島六丁目の飲み屋に移ったから、十蔵も諏訪来に鞍替えしたというわけか。──富士太郎、諏訪来という店名の由来は聞いておるか」

「店主が、信州《しんしゅう》諏訪の出だからだそうです。それがしも湯島六丁目に諏訪来という店があったとは、今回の探索で初めて知りました」

富士太郎、と一転、源五郎が明るい口調で呼びかけてきた。

「十蔵の亡骸が見つかって、ただの一日で下手人を捕らえるなど、さすがは富士太郎だな」

「ありがとうございます。しかし、本当に運がよかっただけです」

「謙遜する必要はないぞ。──おさんと十蔵はむろん深い仲だったのだな。婚姻の約定《やくじょう》でもしていたのだろうか」

「おさん本人は、坂巻さんの許嫁《いいなずけ》だったといっております」

「許嫁とな。となると、十蔵を殺害したのはやはり別れ話のもつれか」

「おそらくそういうことだと思います」

脇玄関から奉行所内に上がり込んだ源五郎と富士太郎は廊下を進み、取調部屋の前にやってきた。

　若くて屈強そうな二人の小者が門衛のように暗い廊下に立っていた。

「おさんは中か」

　目を鋭く光らせて、源五郎が右側の小者にたずねた。

「さようにございます」

「中には一人でおるのか」

「見張りの者が二人、ついております」

　捕縛した者を一人にして舌を嚙まれては目も当てられない。

「入れてくれるか」

「もちろんでございますが……」

　源五郎に控えめな目を当てて、右側の小者がいいよどむ。

「わしが、おさんという女を害することは決してない。あり得ぬ」

　小者が口ごもった理由を覚ったらしい源五郎が穏やかな口調でいい聞かせると、二人の小者が顔を見合わせ、うなずき合った。

「承知いたしました」

　二人の小者が同時に道を開けた。左側の小者が重い板戸を横に滑らせる。

行灯が一つ、取調部屋の隅で明かりを揺らめかせている。その意外なまばゆさが、富士太郎の目を射た。

「ああ、これは大田さま、樺山さま」

取調部屋にいた二人の小者は、廊下の二人に比べて、やや歳がいっている。二人は板の間に端座していたが、源五郎と富士太郎を見ると立ち上がり、辞儀した。

二人の小者に挟まれるようにして一人の女が座り込み、うなだれていた。身に着けているものは獄衣ではない。富士太郎が捕らえたときのままで、藍色の小袖《こそで》を着ている。

身動きができないようにがっちりと縛《いまし》めをされているその姿はずいぶんとほっそりとし、とがった肩ばかりが目立って、富士太郎には儚《はかな》く思えた。

「おまえがおさんか」

源五郎がおさんを見下ろし、厳しい声音で確認する。ぐっと握り込んだ両の拳がぶるぶる震えている。

おさんを害することはない、と源五郎は断言したばかりだが、今にも思い切り顔を張るのではないか、と富士太郎ははらはらした。

だが源五郎には、本当にその気はなかったようだ。殴ったからといって、十歳が生き返るわけでもない。

ようやくおさんが顔を上げ、源五郎を見上げた。暗い目をし、頬がこけている。

富士太郎はその顔を見て、はっとした。取調部屋に来てまだ半刻もたっていないはずなのに、憔悴《しょうすい》しきった表情をしているのだ。

――たった半刻で、こんなにも変わってしまうものなのか。

これまで数多くの犯罪人を見てきたが、ここまで急に面変《おもが》わりした者は初めてといってよかった。最初におさんを見たときは、歳はそこそこいっているが、きれいな女だな、と思ったほどだ。それが今は、老婆とはいわないまでも、いっぺんに二十も歳を取ったように見える。

力のない瞳で、おさんが源五郎を見上げている。

「おまえがおさんか」

源五郎がもう一度きいた。すでに拳から震えは消えていた。

「は、はい、私が、さん、でございます」

寒いわけでもないだろうに、両肩を小刻みに震わせておさんが答えた。

「おさん、なにゆえ坂巻を殺したのだ」

斬り込むように源五郎がずばりと問うた。

なにもいわず、おさんは源五郎を見つめている。問いの意味をつかめておらぬのではないか、と富士太郎には思えたほどだ。

「私、いったいどうしてこんなことをしてしまったのか」

ぽつりと口にしたおさんが、いきなり身をよじらせた。縛めをされていなければ頭をかきむしったのではないか、と富士太郎が感じたほどの激しさだ。

「どうした、おさん」

少しあわてて源五郎がきく。

「死にたい、私、死にたいんです」

叫ぶようにおさんがいった。

「私、とんでもないことをしてしまった。取り返しのつかないことをしてしまった」

「落ち着け、おさん、落ち着くのだ」

腰を落として両手を伸ばした源五郎が、細い体を強く抱き締めるように押さえ込んだ。

それでも源五郎にあらがって身もだえていたが、やがておさんは眠りに落ちた赤子のように静かになった。

「落ち着いたか、おさん」

おさんの顔をじっと見て源五郎がきいた。

「は、はい」

わずかながら、おさんの目が生気を取り戻し、同時に少しだけ若さも戻ったように見えた。

「おさん、改めてきくぞ。坂巻十蔵を殺したのはおまえか」

「はい、私が殺しました」

瞳に一筋の光を宿して、おさんがはっきりと答えた。

「まちがいないのだな。これは正式な取り調べではないが、おぬしが申したことは証拠として残るのだぞ」

「まちがいありません。私が坂巻さまを殺《あや》めました」

そうか、といって源五郎がすぐに次の問いを放った。

「凶器はなんだ」

目を閉じたおさんは、しばらく黙っていた。

「簪です。坂巻さまから贈られた簪です」

不意におさんの目が揺れ、涙がじわっとあふれてきた。泣くまいと必死にこらえる仕草に見えた。

――あの簪は、坂巻さんが贈った物だったのか。切ないねえ。

富士太郎も、今にも涙がこぼれ落ちそうだった。

源五郎が振り返り、富士太郎を見上げる。

「富士太郎、簪はどうした」

富士太郎はしゃんとした。

「押収いたしました。すでに吟味方に渡してあります」

そうか、と源五郎がうなずき、再びおさんに目を向けた。

「おさん、なにゆえ坂巻十蔵を殺したのだ」

ごくりと唾を飲み、おさんが口をぎゅっと引き結んだ。答えるのを拒むつもりではなく、十蔵を殺したわけを白状する覚悟をつけるための時がほしかったように、富士太郎には思えた。それとも、単に涙をこらえただけに過ぎないのか。

「……坂巻さまから、別れ話を切り出されたからです」

一語一語を嚙み締めるように、おさんがはっきりと告げた。

「別れを切り出されて、いきなり十蔵を殺したのか」

「いえ、いきなりではありません」

悲しげに目を落とし、おさんが小さくかぶりを振る。

「私、坂巻さまから、一緒になろうといわれておりました。これは嘘ではありません」

必死の面持ちで、おさんがいい募る。

「坂巻は、婚姻の約定を冗談で口にするような男ではない。おぬしを心から大切にしていたのは、紛れもない事実であろう。わしは信じるぞ、おさん」

ありがとうございます、というようにおさんが吐息とともに頭を下げた。でも、とすぐに口を動かした。

「ところが、思ってもみないことが出来《しゅったい》したのです」

「どういうことだ」

「坂巻さまに縁談が持ち上がったのです。お相手は、御番所の与力さまの娘御ということでございました」

「それはわしも知っておる。そうか、与力どのの娘と一緒になりたいゆえ申し訳ないが身を引いてくれぬか、と十蔵にいわれたのか」

「はい、頼み込まれました」

しかし、と富士太郎は思った。おさんにその言葉を伝えたとき、坂巻さんはいったいどんなに心苦しかったことだろう。

――大田さんがいうように、冗談で婚姻の約定をするような人ではないからね。まじめな人だったよ。おさんに対する気持ちは、ほんと、真剣なものだったにちがいないよ。

「それでどうした」

軽く顎を動かして、源五郎がおさんに先をうながす。

「私は、そのほうが坂巻さまのためになるのなら、と身を引こうと思いました」

「おさん、それは一昨夜の出来事か」

十蔵を殺した晩のことなのか、と源五郎はきいている。

「さようでございます。暮れ六つを四半刻ばかり過ぎておりましたか。本郷竹町にある中歌目神社の境内での出来事でございます」

やはりあのこぢんまりとした神社で二人は会っていたんだね、と富士太郎は思った。

「おさん、おまえは身を引こうと決めたというのに、なにゆえ坂巻を殺すことになったのだ。しかも背後から。なにか十蔵に含むことでもあったのか」

源五郎に穏やかにきかれたにもかかわらず、鋭い刃物でも当てられたかのようにおさんがびくっと体を震わせた。震えはそれきりだったが、みるみるうちに涙があふれてくる。

それを見られまいとするかのように、おさんがうつむいた。だが、堰《せき》を切った涙がぽたりぽたりと藍色の小袖の上に落ち、いくつものしみをつくっていった。下を向いたまま、おさんはしゃくり上げている。

源五郎はなにもいわず、ぽろぽろと涙をこぼすおさんを見守っている。

涙を流したことで少しは気分が和らいだか、やがておさんが顔を上げ、十蔵を殺した場面について語りはじめた。

「坂巻さまは私に別れ話をした後、とても申し訳なさそうにしていらっしゃいました。重しでものったかのように肩が落ち、瞳は悲しみ一色に覆われて、心身ともに疲れ果てているように見えました。とても辛そうでした」

富士太郎には、十蔵のその姿が目に見えるような気がした。

喉を上下させて、おさんが言葉を続ける。

「その坂巻さまのお姿を見て、私はこれでいいのだ、と思いました。これでいい、この人が幸せになってくれればそれでいい。私が身を引きさえすれば、坂巻さまは幸せになれると自らに語りかけておりました」

息を入れるように、おさんが言葉を切った。その先をいうべきなのか、いわないほうがよいか、迷っているように富士太郎には感じられた。

——ということは、これから坂巻さんを責めるような言葉が出てくるのだろうか。

「それでどうしたのだ」

焦れたように源五郎がきいた。

はい、と落ち着いた声音でおさんがうなずいた。瞳に決意の色が揺らめく。

「私は暗さがさらに増してくる中、去っていく坂巻さまを、中歌目神社の境内に立って、ずっと見送っておりました。悲しくて寂しくて、涙がしきりに出て、止まりませんでした」

涙を払うように顔を左右に振ってから、おさんがまっすぐ前を見た。

「ところが——」

そこで、またおさんが話を切った。今度は、源五郎は催促をしなかった。咳払いをしておさんが言葉を継いだ。

「神社の鳥居を出ていく坂巻さまの後ろ姿が、どこか弾んでいるように見えたのです。いえ、まちがいなく弾んでおりました。うまいこと厄介払《やっかいばら》いができた、と坂巻さまの背中が語っていたのです」

むう、と源五郎がうなり声を上げた。富士太郎も言葉を失った。

「私は、それが許せませんでした。頭に血が上り、目の前が真っ暗になりました。気づいたときには、簪を坂巻さまの首に突き立てておりました」

我を失ったのか、と富士太郎は思った。

――人というのは一度逆上しちまうと、なにをするか、本当にわからないものだよ。思うよりも先に体が動いちまうものさ。

普段温和で通っている人が、何度も何度も刃物で相手を突き刺して、目をそむけたくなるようなむごい殺し方をしてのけたという事件を、富士太郎はこれまでに何件も扱っている。

「私が我に返ったときには、うっ、と小さな声を上げて坂巻さまは、道に倒れ込みました」

とつとつと話すおさんの目は、どこか熱を帯びていた。浮かされているんだね、と富士太郎は思った。

それも当たり前だろう。人を殺して平然としていられる者など、この世には一握りしかいない。その上、いま十蔵を殺めた事実について、つまびらかに語っている最中なのだ。そのときのことがよみがえっているのだ、心が高ぶらないはずがなかった。

「私は、はっといたしました。坂巻さまはぴくりとも動きませんでした。坂巻さま、と呼びましたが、なんの応《いら》えもありませんでした」

即死だったんだろうね、と富士太郎は悲しみの中、冷静に思った。急所に入れば、凶器が簪であろうと、人というのはあっけなく死んでしまうものだ。

「そのとき簪は、おぬしの手のうちにあったのか。それとも、坂巻の首に突き立っていたのか」

おさんを見据えて源五郎が問う。おさんがいったん目を閉じた。簪は、と目を開けていった。

「坂巻さまの首に刺さっていました。坂巻さま、と私は呼んであわてて簪を抜きました。そうしたら、小さな傷口から血があふれるように流れ出てきて、地面をあっという間に染めていきました」

奥歯を必死に噛み締めているようだが、おさんの口はわなわなと震えている。

「ああ、坂巻さまを殺してしまった、なんてことをしてしまったんだろう、と私は思いました。死んでお詫びをしよう。喉《のど》に簪を刺そうとしましたが、どうしてもできませんでした。ならば自身番に走って、坂巻さまを殺してしまったことを知らせようと考えました。でも、足は金縛りにあったように動きませんでした。それから後は覚えておりません。気がつくと、長屋の自分の店《たな》にいたのです」

力尽きたように、おさんががくりと首を落とした。

うむ、と源五郎が顎を引いた。

「そのあとは」

おさんが力なく顔を上げた。

「店の隅で小さくなっていました。すぐに御番所から人がやってくるだろうと思っていましたが、その晩はあらわれませんでした。一昨夜は坂巻さまとの逢引《あいびき》があったので、仕事も休みにしていましたから、諏訪来から人が来ることもありませんでした。私はひたすら店の隅でじっとしていました」

そして、と富士太郎は思った。今日の午前の五つ半頃、おいらが長屋にあらわれたということだね。

おさんの住む長屋全体がまるで音のない世界のようにひっそりとしていたこと

を、富士太郎は思い出した。女房衆の甲高い笑い声や赤子の泣き声、子供の遊ぶ声も聞こえてこなかった。物売りの声もしなかった。風も吹いておらず、おびただしい洗濯物がばたつく音もしなかった。相変わらずの蒸し暑さの中、深閑とした静寂に長屋は包まれていた。

おさんの店の戸には、心張《しんば》り棒《ぼう》はかかっていなかった。訪いを入れても応えはなかったが、富士太郎は目の前の店には人がいるのではないか、と感じていた。声をかけて戸を開けると、暗い四畳半の左の隅に女が膝を抱えて座っていた。おさんかい、と声をかけると、はい、と返事があり、富士太郎は、ちょっと話をききたいんだけどいいかな、とたずねた。はい、といっておさんが立ち上がり、戸口に近づいてきた。その顔を見て富士太郎は、この女が下手人だね、と確信したのである。

おさんと小者たちを残して取調部屋をあとにした源五郎は、なにかを考える様子で廊下を無言で歩いていく。

富士太郎も口を開くことなく、そのあとをついていった。胃の腑に重いしこりのようなものを感じている。

背中が弾んでいたか、と歩を進めつつ富士太郎は思った。

――おそらく坂巻さんに、厄介払いができたなんて思いはなかったんじゃないかな。別れの辛さや、おさんに対する申し訳なさで心は一杯だったはずだよ。背中が弾んでいただなんて、おさんの見まちがいに決まっているよ。

だが、すぐに富士太郎は唇を嚙み締めた。

――でも、女の勘は鋭いからね。いくら夜のこととはいえ、まださほどは遅くない刻限だったようだから、中歌目神社の近所には明かりが灯っていただろうし、おさんの見まちがいではないかもしれないね。坂巻さんの心のどこかに、うまくいった、という思いがあったのかもしれないなあ。これで良縁は俺のもの、という気持ちが背中に出てしまったということかな。女という生き物は、そういうのは決して見逃さないものね。もしかしたら坂巻さんは、おさんを甘く見ていたのかもしれないね。

うつむきそうになるのを我慢し、富士太郎は源五郎のがっしりとした背中を見続けた。

――おいらが坂巻さんの立場だったなら、いったいどうしたんだろうね。おさんと一緒になるという約束をかわしたにもかかわらず、もし智ちゃんと出会うということになったら、どうしただろう。その逆ならば、よくわかるんだけどねえ。

以前、直之進のことが好きでたまらなかった富士太郎は、仮におさんが目の前にあらわれたとしても、直之進に対する想いが揺らぐことはなかっただろう。それは掌中にしたように確信できる。

だが智代が目の前にあらわれたときはそうではなかった。智代が富士太郎のそばにいるのが当たり前になるのと同時に、直之進を慕《した》う気持ちは徐々に心から薄れていった。結局、その気持ちは霧のように消えてしまい、ぶり返すことは二度となかった。

つまりさ、と富士太郎は思った。

――智ちゃんは、おいらにとって運命の人なんだ。いま思い返してみれば、生まれる前から結ばれる定めにあったことは、智ちゃんに会った瞬間、わかったものね。きっと智ちゃんも、おいらと同じ気持ちでいるんじゃないだろうかね。

ふーむ、と富士太郎は口の中で小さな声を上げた。

――坂巻さんにとって、おさんは運命の人じゃなかったんだね。だから、良縁があると聞かされて心が揺れちまったんだよ。運命の人じゃないことがわからないまま、坂巻さんはおさんと一緒になる約束をかわしてしまったんだろうね。いや、それとも、おさんが運命の人だと感じたのだろうか。今となってはわからないねえ。坂巻さんは、おさんが春をひさいでいる女でも構わなかったんだから、やっぱり心底、惚れていたんだよねえ。やっぱり坂巻さんはおさんのことを、運命の人だと思っていたのかもしれないよ。別れの辛さ、悲しさからしゃくり上げたところを、おさんは見まちがえたんじゃないのかな。もしそうだったら、ほんと、切ないねえ。坂巻さんはほんの些細な勘違いで殺されてしまったことになるんだからさ。

富士太郎の思案は、そこで唐突に終わった。すでに富士太郎たちは奉行所の玄関の近くまで来ており、立ち止まった源五郎が振り返り、見つめてきたからである。

目の下にくまができており、源五郎は疲れ切ったような顔つきをしている。

「富士太郎、これからどうする」

少ししわがれた声できいてきた。

「まだ午後はたっぷりと残っています。縄張の見廻りに出ようと存じます」

「うむ、わしもだ。おさんという下手人が捕まり、十蔵の一件は一段落したとはいえ、まだわしの気持ちはせいせいとせぬ。仕事をして気を紛らわせたい」

富士太郎も正直、同じ気持ちである。二人は肩を並べて大門のところまで来た。そこには、それぞれの中間である珠吉と参次《さんじ》が待っていた。

「富士太郎、では、これでな」

右手を上げた源五郎が、参次とともに道を左側に去ろうとする。

「大田さま、樺山さま、お待ちください」

背後からあわてたような声をかけてきた者があった。振り返ると、定廻り同心詰所づきの小者の守太郎が息せき切って駆け寄ってきたところだった。

「どうした」

目をみはって源五郎がたずねた。

「御奉行がお呼びでございます」

富士太郎たちの前で足を止め、守太郎が伝える。

「御奉行が、わしたちに来いとおっしゃっておるのか」

「さようにございます」

——なんの御用だろう。

心中で首をひねって、富士太郎は源五郎を見た。同じ疑問を抱いているようで、源五郎も富士太郎を見つめていた。

「御奉行がお呼びになっているのは、わしと富士太郎だけか」

「はい、そう聞いております」

新しい奉行が、自分たちになんの用があるというのか。十蔵殺しの下手人を手早く挙げたことを、ほめようとでもいうのだろうか。

「どのようなことでお呼びなのか、守太郎、聞いておるか」

「いえ、存じません。申し訳ございません」

「いや、謝るようなことではない。わかった。すぐにまいろう」

守太郎を見やった源五郎が深くうなずいた。

「では、ご案内いたします」

きびすを返して守太郎が先導をはじめる。

町奉行所内に再び上がり、富士太郎たちはずんずんと奥に進んでいった。

途中で守太郎はいなくなり、代わって町奉行づきの小者が富士太郎たちの案内をした。肩幅のある広い背中を見せつけるように前を行く小者の名を、富士太郎は知らなかった。新しい町奉行の家に以前から仕えていた男らしい。

「こちらにございます」

やがてその小者は、羽ばたいている鶴の立ち姿が描かれた襖の前で、富士太郎たちの足を止めさせた。ここが町奉行の執務部屋であることは、富士太郎たちはむろん知っている。

「御奉行――」

やや気安ささえ覚えさせる調子で、小者が襖越しに声をかけた。

「お連れいたしました」

「うむ、入ってもらえ」

重々しい声が返ってきた。

「どうぞ」

富士太郎と源五郎にいって、小者が鶴の襖を開けた。

替えたばかりらしい畳の香りが漂ってきた。町奉行の執務部屋は十畳ほどの広さがある。

床の間を背に、一人の男が座していた。部屋は少し暗いが、そのせいで余計に眼光が鋭く見える。その目で、座した男は富士太郎と源五郎を見据えている。

「失礼いたします」

軽く息を入れて源五郎がいい、敷居を越えた。その後ろに富士太郎は続いた。

「そこに座れ」

　座布団が奉行の前に二つ、敷かれている。源五郎が当たり前のようにそれを下げ、畳にじかに端座した。富士太郎も倣《なら》う。

「大田源五郎、樺山富士太郎。両人とも息災そうでなによりだ」

　新しい町奉行である朝山越前守《あさやまえちぜんのかみ》幸貞《ゆきさだ》が快活な声を投げてきた。

　富士太郎と源五郎は畳に両手をついた。

「ところで、両人はわしのことを覚えておるか」

　これは冗談をおっしゃっているのだな、と富士太郎は思った。源五郎も同じように感じたのではないか。

「なにしろおぬしたちに会うのは二月《ふたつき》ぶりゆえ、一応、確かめておこうと思うてな。人というのは忘れやすいものだ」

「人が忘れやすいのは確かなことといえども、我らが御奉行のことを忘れるようなことは決してございませぬ」

　顔を畳に向けたまま、源五郎が大まじめに答えた。

「さようか。ならばよい。大田、今の言葉、うれしく思うぞ」

　今年の三月末に、南町奉行は前任者から朝山越前守に交代したのだ。朝山家の家禄は二千三百五十石である。

書院番から御徒頭《おかちがしら》、目付を経て遠国《おんごく》奉行となり、ついに町奉行に至るという、出世の階段を着実に上ってきた男で、歳は四十五。血色のよい顔つきをしているせいか歳よりずっと若く見え、今が男盛りのように映る。

幾分かほっそりとした体つきをしているものの、肩のあたりの筋肉のつき方や、吸い込まれそうな黒々とした目は、剣の遣い手を思わせるところがある。

おや、と富士太郎は朝山の顔を見て思った。漆黒の瞳が、どこか熱に浮かされたような光を宿していることに気づいたのだ。

──なにか、さっき会ったばかりのおさんに似ているね。

「そなたらを呼んだのはほかでもない」

響きのよい声音でいって、朝山が身を乗り出した。

「坂巻十蔵を殺めた下手人を、早くも捕らえたそうだな。ようやった。わしも早い解決を願っておったが、期待以上の働きよ。さすがの手際としかいいようがない」

十蔵を失った悲しみはまだ癒えるはずもなかったが、町奉行からこうしてじきじきにほめられるのは悪い気分ではなかった。捕らえてよかった、という気が、いや増してくる。

御奉行、と源五郎が抑えた声で呼びかけた。

「下手人の捕縛に関し、正直、それがしはなにもしておりませぬ。すべての手柄は、ここにおる樺山のものでございます」

「いえ、そのようなことはありませぬ。たまたまそれがしが下手人を捕縛したということに過ぎませぬ」

富士太郎は必死にいい募った。ふふふ、と朝山が口の端で笑った。

「おぬしら定廻りが力を合わせて坂巻十蔵の仇を討ったのは、紛れもないことよ。その事実は、誰が下手人を捕らえようと、決して変わることはない」

はっ、と富士太郎は平伏した。こんな言葉がさらりと出てくるとは、町奉行としてとてもよいお方ではないか、と感じた。

源五郎も心を打たれるものがあったか、額を畳にすりつけるようにしている。

「坂巻の仇を討ったおぬしらには、褒美をつかわす。受け取ってくれるか」

いかにもうれしげに朝山がいった。褒美というのは金一封だろう、と察した富士太郎はすぐさま朝山に申し出た。

「御奉行のお心遣いはこの上なくありがたく存じますが、できれば、それがしの分は、坂巻さまのご遺族にお渡し願います」

「それがしも樺山と同様にお願いいたします」

源五郎が富士太郎の言葉に重ねてきた。

「ほう、そうか。二人とも欲がないの。わかった、坂巻の遺族にやればよいのだな。必ずそうすることにいたそう」

朝山があっさりと請け合った。

「ありがたき幸せにございます」

富士太郎と源五郎は、声をそろえるようにいい、改めて平伏した。

「おぬしらの厚意を知ったら、坂巻の遺族もきっと喜ぼう」

朝山がほくほくとした笑顔を見せる。

これで用事はすんだのだろうか、と富士太郎は考えた。初めてじかに話をして朝山越前守はとてもよい奉行だと感じたものの、眼前にこうして控えているのはどことなく居心地が悪く、できれば一刻も早く見廻りに出たかった。少し落ち着かなげに源五郎も身じろぎしている。

「両人ともまだ席を立つでないぞ」

富士太郎たちの辞去の気配を察したか、朝山が命じてきた。

「まだ用はすんでおらぬのだ」

そうなのか、と富士太郎は思った。ほかにいったいどんな用があるというのだろう。

「むしろ、こちらが本題といってよいのだ」

はっ、と富士太郎は身構えるようにして朝山を見た。源五郎も、真剣な表情を崩さずに朝山を見つめている。

「坂巻十蔵の後釜がようやく決定した」

さらりとした口調で朝山が告げた。

「えっ、まことですか」

源五郎が意外そうな声を上げた。富士太郎も驚きを隠せない。朝山は今、ようやく、といったが、実際には相当早い決定といって差し支えない。

なにしろ、富士太郎たちが十蔵の死骸を目の当たりにしたのは、昨日の朝なのだ。その翌日に後釜が決定するなど、滅多にあることではない。

「まことのことよ。わしはまだ、いずれの与力にも話しておらぬ。同僚となるおぬしたちに、一足早く申し伝えておいたほうがよかろうと判断したのだ」

「与力の方々にも、まだお伝えしておられぬのでございますか」

さすがの源五郎も戸惑っている様子だ。

「その通りだ」

それにしても、と富士太郎は心中で首をひねった。

――ずいぶんと手回しがいいね。よすぎるくらいだよ。まるで坂巻さんの死を、前もって知っていたかのようだよ。まさか、そんなことがあるはずないけどね。

それでも富士太郎は、なんとなく釈然としないものを感じた。

――昨日、坂巻さんの死の報をお聞きになってすぐ、後釜に誰を据えるか、ということが御奉行の頭にはあったってことだね。

目を柔和に細めて朝山が笑っている。すっと背筋を伸ばし、姿勢を改めた。

「定廻り同心は、江戸の治安を守る上で最も重要な役目である。できるだけ早く、席の空白を埋める必要がある。それは、自明のことであろう」

確かに朝山のいう通りである。

「それで御奉行、後任はどなたに決まったのでございましょう」

遠慮がちに源五郎がたずねた。

「岡高義兵衛《おかだかぎへえ》だ」

ためらうことなく朝山が口にする。

えっ、と富士太郎はのけぞりそうになった。まったくもって意外な人選でしかない。

源五郎もわずかに身じろぎし、膝の上の手をぎゅっと握り締めたのが、富士太郎の目に映った。

空咳《からせき》をして朝山が続ける。

「わしとしては、定廻りについてなにも知らぬ者よりも経験のある者のほうがよいと勘案し、そういう者を選んだつもりだ」

その朝山の言葉に、富士太郎は異を唱える気はない。十五年ばかり前、岡高義兵衛は確かに定廻り同心だったのだから。

もっとも、その頃の義兵衛について、富士太郎は詳しいことは知らない。富士太郎がまだ八つのときである。

それでも富士太郎が、朝山の人選が意外なものだと考えざるを得なかったのは、義兵衛が十五年前、人殺しのあった商家の犯罪現場から金をくすねたという疑いを持たれて以来、町奉行所内で冷や飯を食ってきたからである。

義兵衛が本当に商家から金をくすねたのか、濡衣《ぬれぎぬ》に過ぎないのか、今となっては富士太郎には知りようもないし、判断のしようもないが、五十の坂をいくつか越えているはずの今も、義兵衛は金についてあまりいい評判を聞かないのだ。

十五年前から義兵衛は定橋掛《じょうばしがかり》同心という職務をこなしている。これは、公儀が架けた橋に修繕の必要があるかないか見て回り、橋脚や橋桁《はしげた》など、修繕しなければならない箇所を見つけた場合、上司の与力に知らせるという役目だ。

まじめに仕事に励んでいるとの噂を富士太郎は聞いたことがあるが、ときおり商家などに小遣いを無心しているという話も小耳に挟んでいた。

もっとも、そのくらいのことは町奉行所内の誰でもしていることで、目くじらを立てるほどのことでもない。小遣いを無心される側も、いざというときに、よしなに頼みます、という意味を込めて金を払っているのだ。富士太郎は性に合わず、その手の金は一切受け取っていない。

御奉行、と源五郎が控えめな声を発した。

「岡高どのが後任との儀は、本決まりといってよろしいのでしょうか」

「その通りだ」

異論を挟むことは許さぬ、という口調で朝山がいい切る。

「わかりました。岡高どのは、いつから定廻りとして出仕するのでしょう」

なおも源五郎が問う。

「早ければ早いほどよかろうということで、さっそく明日から定廻りとして出仕するように、わしから命じておいた」

「御奉行自ら、岡高どのにお命じになったのですか」

「そういうことだ。大田、腑に落ちぬか」

「……同心に対しては、上役である与力から命じられるのが常なので」

歯切れの悪い口調で源五郎がいった。

「おう、そうであったか。わしはまだ奉行所内のしきたりについてろくに知らぬのでな。これからおいおい学んでいこう」

朝山がにこにこと笑んだが、まだうっすらと靄《もや》がかかったような目の奥に、狡《こう》猾《かつ》そうな光が宿っているのを富士太郎は見て取った。それだけでなくその光には酷薄さ、残忍さも同居している。

――うわ、なんて目をしているんだろう。

顔色が変わらないように努力しつつも、富士太郎は背筋がうすら寒くなっていくのを感じた。なにか、得体の知れない化け物を目の前にしているような気分になっている。

――いやいや、そんな馬鹿なこと、考えちゃいけないよ。目の前のお方はすばらしい御奉行にまちがいないんだからね。

自らにいい聞かせたものの、とんでもない男が南町奉行に任じられたのではないか、という思いを富士太郎はぬぐい去れずにいた。

――何だか心配だね。

なにが心配なのか、今はまだわからなかったが、町奉行所がおかしな方角に進んでいくのではないか、という気がしてならないのだ。

どす黒く渦巻く雲が胸のうちに広がっていくのを、富士太郎は止めようがなかった。

二

顎をなでた。

少しひげが伸びている。

撫養《むや》知之丞《とものじょう》は手近の刀架に置かれた脇差を取り、引き抜いた。行灯の炎が刀身に映り、揺れている。

　この脇差は、戦国の天正《てんしょう》年間に活躍した相模《さがみ》の刀工渋川助晴《しぶかわすけはる》の作で、出来のよさはなかなかだが、三人田に比べると、格段に見劣りする。

　それは致し方ないことだろう。刀工の腕がちがいすぎるし、鉄の質も三人田のほうが粘りがあって、名刀にふさわしいものが使用されている。

　部屋の中は、相変わらず蒸し暑い。庭に面した腰高障子を開けたところで、風は入ってくるまい。

　江戸はずっと蒸し暑いままだ。この鬱陶しさが続けば、さらに人心が荒れるのは必定だろうから、まさしく知之丞の望んでいるところなのだが、さすがにこうまで重苦しい天候が続くと、嫌気が差してくる。

　普段、滅多に外に出ることはなく、家に引きこもっていることが多いが、今は青い空が恋しくてならない。

　脇差の刀身を見つめているうちに、知之丞の気持ちは少しずつ落ち着いてきた。

　――刀というのは、これほどの薬効があるのだ。まったくすばらしいとしかいいようがない。

　知之丞は脇差を鞘におさめ、刀架に戻した。腕組みをし、ふー、と鼻から太い息を吐く。

——あの湯瀬直之進が、この屋敷を嗅ぎ回っておる。

昨日の宵の口に、あの男はこの屋敷に忍び込もうとしていた。そこを配下の二人が見つけ、追い払ったのだが、まったく油断も隙もあったものではない。

湯瀬直之進を始末し、なんとしても、もう一振りの三人田を手に入れたい。いや、手に入れなければならない。それこそが今の我が使命といってよい。

ふむ、と知之丞は鼻を鳴らした。

——しかし嗅ぎつけられた以上、この屋敷も引き上げ時か。この屋敷はことのほか気に入っておったのだが……。

だが、なぜこの屋敷が感づかれたのか。湯瀬直之進は遣い手だという。おそらくこの屋敷の近くを通りかかって、なにか異変らしいものを感じ取ったにちがいなかった。

——鎌幸の行きつけの一膳飯屋はすぐそこだ。あたりを嗅ぎ回っていて、鎌幸がこの屋敷に監禁されているのではないかと踏んだのだろう。やはり引き上げるしかあるまい。湯瀬直之進のことだ、再びこの屋敷に忍び込もうとするに決まっておる。その前に退去しなければならぬ。

代わりの屋敷がないわけではない。もちろん、こういうときのために手はずはととのえてある。

そうか、と知之丞はぴんとくるものがあった。もしやつがこの屋敷に忍び入ってくるのなら、そのときに抹殺してしまえばよいのではないか。

大事にしているはずの三人田は、忍び込みの際も肌身から離すことはないだろう。

――よい手だ。

ここで殺してしまえば、死骸の始末にも手がかからない。

知之丞にはこれ以上ない手立てに思えた。

――やつが忍んでくるとしたら、いつなのか。今宵ではないか。遅くとも明日の晩だろう。

そんな気がしてならない。

――この屋敷をもぬけの殻も同然にしたのち、やつを待ち構えるとするか。

深くうなずいて知之丞は決意を固めた。行灯の明かりが、ゆらりと揺れた。じじじ、と音がし、一筋の黒い煙が天井目指して立ちのぼっていく。やがて、黒から灰色に変じ、なにもなかったかのように消えていった。

——あの煙のごとく大気に溶けるように姿を消す術を、身につけたいものよ。どうやればできるようになるか。工夫を考え続けていれば、きっといつの日か、うつつのものにできるはずだ。

座り直した知之丞は、ぱんぱん、と手を打った。

間髪を容れず、廊下を小走りにやってくる足音が聞こえた。足音は、知之丞の部屋の前で止まった。

「お頭、お呼びでございますか」

襖越しに男の声がした。

「入れ」

失礼いたします、と頭を下げて襖を開けたのは、寺内典兵衛である。敷居を越えて知之丞の前に座し、控えめな眼差しを送ってきた。

「典兵衛、頼みがある」

「どのようなことでございましょう」

「頼みというよりも命だな」

はっ、と典兵衛がかしこまった。

「典兵衛、大田源五郎を殺ってまいれ」

平静な口調で知之丞は指図した。

「南町奉行所の同心でございますね。承知いたしました」

平然とした顔で典兵衛が命を受けた。以前から典兵衛には、いずれ大田源五郎殺しを命ずることになるであろう、と知之丞はいい含めてあった。

「得物《えもの》はこれを使うがよい」

立ち上がった知之丞は、床の間の刀架にかけてある三人田を手にし、きびすを返して典兵衛の前に立った。目をみはって典兵衛が三人田を見つめている。

「お頭、三人田をそれがしが使ってもよいのでございますか」

「名刀の斬れ味を、その目で存分に確かめてこい」

「ありがたき幸せ」

三人田を受け取った典兵衛は感激の面持ちである。手がぶるぶると震えている。

「落とすなよ」

冗談でいったが、典兵衛はまじめな表情を崩さない。

「はっ」

がっちりと三人田を握り締め、典兵衛がかき抱くようにした。

「典兵衛、おぬしはわしの衣鉢《いはつ》を継ぐ者よ。三人田を使う資格は十分にある」

じっくりいい聞かせるように告げると、典兵衛の知之丞を見る目が畏敬の念で満ちあふれた。

「この刀を使わせていただけるなど、侍に生まれついて、これ以上の幸せがありましょうや……」

ふふ、と知之丞は笑った。

「ずいぶんと大仰な物言いをするものよ。とにかく典兵衛、その三人田で大田源五郎を殺ってくるのだ」

「承知いたしました。必ずや大田を殺してまいります」

「しくじるな」

「三人田がこの手にある以上、しくじりなどあり得ませぬ」

自信満々に口にした典兵衛が、三人田を畳の上にそっと置いた。両眼に闘志のきらめきが宿っている。

二日前、三河島村にある鎌幸の鍛刀場を見張っていた典兵衛は湯瀬直之進に襲いかかって苦汁を飲まされたのだ。知之丞は、その鬱憤を大田源五郎殺しで晴らさせようとしているのだ。

「おぬしの腕ならば、三人田を使いこなすのは難しくなかろう。それと典兵衛、できるだけ早く戻ってくるのだ。今宵、湯瀬直之進がこの屋敷にやってくるかもしれぬゆえ」

湯瀬の名を聞いて、典兵衛が目をぎらりと光らせた。

「まことでございますか」

凄みをにじませた声できいてきた。

「湯瀬直之進が忍び込んでくるのは今夜ではなく、あるいは明晩かもしれぬ。どのみち深更《しんこう》であろう。その前に典兵衛、よいか、戻ってくるのだ。おぬしにやつを斬らせてやろう。三人田があれば、湯瀬直之進を必ずや殺れるはずだ」

「ありがたき幸せ」

声を震わせて典兵衛がこうべを垂れる。

「それと典兵衛、もう一ついっておく」

わずかに前のめりになり、典兵衛が真剣に耳を傾ける姿勢を取った。

「大田源五郎を殺るのは大事ではあるが、よいか、きっと無事に戻ってくるのだ。そのことのほうが、もっと大事だ。わかったか」

「はっ、ありがたきお言葉にございます」

知之丞の威《い》に打たれたように典兵衛が、もう一度平伏してみせた。

三

すでに日は暮れている。

あたりは闇色にすっぽりと包まれているが、まだ本当の夜が到来してはいない。ずいぶんと空が明るく感じられるのだ。

あれは、と典兵衛は空を見上げて思った。江戸の町に灯されているおびただしい明かりを、重たげな雲が映じているからだろうか。

庭を突っ切って典兵衛は、屋敷の裏口の前に立った。心気《しんき》を研ぎ澄ませて、屋敷外の気配を嗅ぐ。

じめっとした大気の中、屋敷沿いの道を歩いてくる者の気配は感じられない。息をひそめているような者もいないようだ。

よし、と自らに気合を入れて典兵衛は音もなく戸を開け、深閑としている道に出た。

案の定というべきか、道には人っ子一人いない。すぐに背後の戸を閉め、典兵衛は歩き出した。できるだけ早く、この屋敷に戻ってこなければならない。

――そして、この三人田で、わしが湯瀬直之進を討ち果たすのだ。このあいだの手抜かりの埋め合わせは、必ずやしなければならぬ。

腰の三人田の鍔《つば》に親指をかけて、典兵衛は歩き進んだ。背中に担いでいる一振りの刀を、背負い直す。一見してそれが刀とわからないように、菰《こも》でしっかり包んである。

――できれば屋敷を出ることなく湯瀬直之進を待ち伏せしたいところだが、お頭の命とあらば、そうもいかぬ。大田源五郎を始末し、一刻も早く立ち戻ることこそ、今の俺のなすべきことだろう。

闇が深まっていく中、典兵衛は足早に進み、半刻ばかりで芝口《しばぐち》三丁目にやってきた。

このあたりも町屋が建て込み、大勢の者がまだ行きかっている。

目当ての辻を曲がり、典兵衛は一筋の狭い路地に入り込んだ。路地は、十間ほどでちんまりとした寺の塀に突き当たって終わっているが、その左手前に、ほの暗い赤提灯が灯され、蒸し暑い風に揺れている。

足音を忍ばせて典兵衛は、その赤提灯に近づいていった。赤提灯には木津根《きづね》と墨書され、その下に尾を丸めた狐の絵が描かれている。戸は開け放たれ、そこから薄い煙が漂い出てきている。

木津根という煮売り酒屋の名の由来となったらしい稲荷社が店の隣にあるが、こちらの境内はほんの五坪ばかりしかない。ちっぽけな鳥居そばの暗がりに、一人の男が小腰をかがめて木津根のほうをうかがっている。

赤い鳥居をくぐり抜け、典兵衛は附田《つくだ》丑之助《うしのすけ》のそばに静かに立った。

「どうだ」

顔を寄せて典兵衛は丑之助にきいた。

「木津根に大田源五郎は来ておるか」

「はい、今もあの店で飲んでおります」

丑之助も典兵衛と同様に浪人である。知之丞の組に入ったのは典兵衛よりもかなり遅く、歳もわずかに下ということで、いつも丁重な言葉遣いをする。

知之丞が組に誘い込んだだけのことはあり、丑之助の剣の腕はかなりのものだ。目端《めはし》も利くために、この手の探索仕事に駆り出されることが少なくない。

「やつは一人か」

声を殺して典兵衛はたずねた。背中の菰の包みを地面に下ろす。

「はい、いつもと同じです」

ささやくような声で丑之助が返してきた。ふん、と典兵衛は鼻を鳴らした。

「親しい同僚を亡くしたばかりのくせに、酒はやめられぬと見える」

「今宵はどうやら、坂巻十蔵を偲《しの》んで飲みに来たようですね。明日は、どうやら坂巻の通夜があるようです」

くくく、と典兵衛は笑いをこぼした。

「酒飲みというのは、なんやかやと口実を見つけては飲みたがるものよ」

「そのお言葉は、それがしの耳にも痛いですな。寺内どのは、酒はやらぬのでしたな」

「だいぶ前にやめた」

「ほう、そいつはすごい。よくやめられましたな」

「妻を殺してしまったからな」

「ええっ」

「附田、声が高い」

「失礼しました」

あわてて丑之助があたりを見回す。路地に人けはまったくなく、典兵衛たちが稲荷社の境内にひそんでいることに気づくような者はいない。

「あの、酒に酔って寺内どのがご内儀を……」

そのあとの言葉を丑之助が濁す。

「わしがじかに妻に手をかけたわけではない」

「ああ、さようですか」

幾分ほっとしたように丑之助がいった。

知之丞の組の一員としては、と典兵衛は思った。丑之助は気持ちが優しすぎるところがあるようだ。この優しさが命取りにならねばよいが、と典兵衛は感じた。舌を湿らせ、妻の死の真相を語りはじめる。

「だいぶ前のことだが、俺はれっきとした旗本家の士だった」

ああ、そうだったのか、という顔を丑之助がする。

「それはよくわかります。寺内どのは折り目正しいところがありますからな」

「そうかな」

軽く首をひねって典兵衛は続けた。

「ある日、殿に男子が生まれ、家中の者に急に酒が振る舞われることになった。実をいうと、当時のわしにもじき子が生まれる頃でな、わしは気安いだろうということで妻を実家に帰していた」

うんうん、と丑之助がうなずく。

「わしはその日、勤めが終わり次第、妻の実家に行くことになっていた。だが、意地汚いわしは大好きな酒を振る舞われてしたたかに飲み、正体を失ってしまった。誰かに揺り起こされて目を覚ましたときには、自分の部屋で眠りこけておった」

丑之助は先を聞きたそうな表情をしている。

「目を覚ましたとき、すでにあたりは明るくなっていた。明け六つはとうに過ぎていただろう。わしを揺り起こしたのは、隣の部屋の男だった。血相を変えていた。どうかしたのかとたずねると、わしの妻の実家に何者かが押し入り、家の者を皆殺しにしたというのだ。嘘だろう、なにかの冗談だろう、とわしは思った。あわてて妻の実家に駆けつけてみると、妻も義父母も血の海に沈んでおった」

丑之助は痛ましげな目をしている。

「なにゆえそのような仕儀になったのですか」

「妻の実家は少禄の御家人だったのだが、義父の勘気をこうむって家を放逐されたばかりの元奉公人がいたそうだ。その元奉公人が深夜、屋敷に忍び込み、刃物を手に義父たちを襲ったようなのだ。義父に怨みを抱いていたらしい」

「では、ご内儀は巻き添えに……」

丑之助が顔をゆがめていった。

「そういうことだ。腹の子も、むろん助からなかった。妻には跡継となるべき弟が一人いたが、それも殺された」

「それはまた……」

丑之助は、本心からその言葉を口にしているように見えた。

「もし前の晩の振る舞い酒を飲みすぎていなかったら、わしは妻の実家に泊まっていたはずだ。外泊の許しは殿さまからいただいていたゆえ。妻を失ったからといって、わしはすっぱり酒をやめたわけではない。当時のわしの頭には下手人捜ししかなく、酒のことなどまったく考えようがなかったのだ。軽傷で生き残った下女から、元奉公人の仕業であると聞いたわしは、ひと月かけて捜し出し、その男を斬り殺した」

「怨みを晴らしたわけですね」

「ああ。だが怨みを晴らした喜びなど、そこにはまったくなかった。むしろ、虚しさばかりが残ったような気がする。斬り殺したあと、わしはしばらく、物言わぬ男の死骸を見下ろしていたのだが、そのとき心の中でぷつりとなにかが切れたのがわかった。生きていてもしようがない。そんな気がした。直後、わしは主家を致仕《ちし》した」

「自害を考えられたのですか」

「そのときは、確かに死のうと思っていた。決して自暴自棄になったわけではないが、はたから見れば、そんなふうに見えたにちがいあるまい」

「そうかもしれないですね」

　丑之助が相槌を打った。

「だが実家の菩提寺《ぼだいじ》の住職が、お気持ちはよくわかるが三日のあいだはせめて皆さまの菩提を弔《とむら》いなされ、それで気持ちが変わらなければ拙僧が介錯《かいしゃく》して進ぜよう、とまでいうので、その言葉にしたがったら、どうしてか本当に死ぬ気が失せてしまったのだ。妻が、生きてください、といったのかもしれぬが、とにかく心を覆っていた濃い霧が払われ、気持ちがわずかながら晴れつつあるのがわかった」

「時こそが最高の良薬といいますからね。その後、お頭に誘われたのですか」

「まあ、そういうことだ。二人の男の子を襲った大きな犬を刀を振り回して追い払ったそのあとに、お声をかけてもらった」

「さようですか。大きな犬を……。それがしは、町人に絡んでいたやくざ者を叩きのめしたあと、声をかけていただきました」

そうであったか、と典兵衛はいった。

「我らが目指すものは世直しだ。お頭は正義の心を持つ者だけをそろえようとされておるのだな」

「はい、おっしゃる通りだと思います。――その一件以来、寺内どのは酒を飲んでいらっしゃらないのですね」

「うむ、そういうことだ。飲むのを忘れたに過ぎぬが、体の調子もよいので、そのままにしてある」

典兵衛の言葉に納得したような顔を見せた丑之助が、声に出すことなく、あっ、と口の形をつくった。丑之助が見つめるほうに典兵衛が顔を向けると、木津根の暖簾が払われ、一人の男が出てきたところだった。

がっしりした体格に精悍《せいかん》な顔つきをした男が、暗くて狭い路地を歩きはじめた。

「大田源五郎です」

ささやき声で丑之助が伝えてきた。うむ、と典兵衛は顎を引いた。

「まちがいないな」

「まちがいありませぬ」

よし、と源五郎の顔を見つめて、典兵衛はうなずいた。

いま刻限は五つ前というところだろう。同僚が死んだ直後ということで、源五郎は木津根にさして長居はしなかったのだ。

店を出た源五郎は、かなり聞《き》こし召《め》しているようでふらふらしている。典兵衛たちのいる稲荷社の前で、路地の反対側に寄った。こちらに背を向ける形で、商家の塀と相対している。

「小便をしますよ」

丑之助がささやく。木津根を出た直後、源五郎は必ず同じ場所で立ち小便をするのだ。

わかった、といって典兵衛は三人田の鯉口《こいぐち》を切った。

源五郎が着物の裾をたくし上げた。いつもの習い性になっている立ち小便が、今夜は源太郎の命取りになるのだ。

足音を立てることなく路地を横切り、典兵衛は源五郎の背後に忍び寄った。路地に人けがないことを改めて確かめる。木津根から出てくる客もいない。源五郎を間合に入れ、典兵衛は抜刀した。鞘走る音はしない。源五郎は背後に刺客がいることなどまったく気づかず、盛大に立ち小便をしている。今この瞬間にも、生涯が終わりを告げるなど、夢にも思っていないだろう。

小便が終わったようで、塀にかかる音がしなくなった。あたりが静寂に包まれる。

源五郎が一物をしまい入れる瞬間を、典兵衛は待っていた。一物をさらけ出したまま骸になって地に横たわらせることは、さすがに哀れに思えたのだ。

上段に構えた三人田を、典兵衛はためらうことなく振り下ろした。手応えなど一切なかった。単に、大気を裂いたという感じしか残らなかった。実際のところ、斬られたはずの源五郎は歩き出そうとする素振りを見せたくらいである。典兵衛も、間合を見誤ったのか、と思ったほどだ。

しかし、三人田はまちがいなく源五郎の体を両断していた。

源五郎の左半身が、首とともに一瞬にして地面に崩れ落ちたのだ。右半身はまだ立ったままである。

――なに。

典兵衛は信じられないものを見た思いだ。こんなことが現実にあるとは考えたこともなかった。

――なんと、ここまですさまじいとは。

切れ味の凄さは知之丞から聞かされてはいたが、典兵衛の予想をはるかに超えていた。

左半身に遅れること数瞬で、ようやく右半身も地面に倒れていった。

――わしは今こんにゃくでも切ったのか。

生身を斬ったという手応えはまったくなかった。三人田の途轍もない威力に、典兵衛はただ呆然とするしかなかった。はっ、と我に返り、三人田を手元に引き戻す。

――ふむう、戦国の頃にあったという斬馬刀《ざんばとう》でもこれほどまでの斬れ味ではなかったのではあるまいか。

三人田を握り締めて、典兵衛は一人うなるしかなかった。源五郎の骸を見下ろした。おびただしい血が流れ出て、体の脇に血だまりをつくっている。

ほんの一瞬で、と典兵衛は息を吐きつつ思った。源五郎の魂はあの世に旅立っていった。源五郎自身、斬られたことがわかっていないのではないか。痛みを感じることなく、今も源五郎は死んだことも知らずにいるのではないか。典兵衛はそんな気がしてならなかった。

三人田の刀身を掲げ、じっくりと見た。血は一滴たりともついていない。あまりの斬れ味に、刀身に血が付着するいとまも与えられなかったのだろう。それでも、典兵衛は取り出した懐紙で丁寧に刀身をぬぐい、鞘に静かにおさめ入れた。

「やりましたな」

横にやってきた丑之助が、感嘆の声を発した。目の前に横たわる死骸を見つめる瞳が、熱を帯びたように潤んでいる。

「町方役人をついに殺した……」

「附田、怖いのか」

「とんでもない」

ぶるぶると丑之助がかぶりを振った。

「これは正義を行うためですからね。怖いなんてとんでもない」

つと丑之助は、典兵衛が腰に帯びる刀に顔を向けてきた。

「それは三人田ですか」

「そうだ。お頭が貸してくださった」

「なんとうらやましい。しかし、やはり三人田はすさまじい業物《わざもの》ですな。斬られたあと、右半身はしばらくその場に立ったままでした」

うむ、と典兵衛はうなずいた。丑之助が背中に細長い菰包みを負っていることに気づく。典兵衛が稲荷社に置いたのを持ってきてくれたのだ。

背負っていた菰包みを下ろし、丑之助が手早く開いた。一振りの刀があらわれる。それをすらりと抜き、迷うことなく刀身を血の海に浸した。血がたっぷりとついた刀を鞘に戻す。

「これでよし」

つぶやいた丑之助が菰で刀を包み直す。

「寺内どの、長居は禁物です。さっそくまいりましょう」

「わかった」

「案内いたします」

典兵衛と丑之助は源五郎の死骸をその場に残し、足早に暗い路地を去った。

木津根からほんの半町ばかり行ったところで、丑之助が足を止めた。

「ここです」

ひそやかな声で典兵衛に告げた。

典兵衛の目の前に、伊和吉《いわきち》長屋と呼ばれる長屋の木戸が立っている。長屋に暮らす者の名や生業が記された札が、横木にいくつも打ちつけられていた。

その中に南岳真弥斎《なんがくしんやさい》の札は見当たらない。

「やつの店《たな》はどこだ」

典兵衛は丑之助にきいた。木戸の先に井戸が見える。その向こう側に延びる路地を挟んで、長屋が向き合って建っている。路地の突き当たりは、厠になっていた。

長屋の者はすべて寝静まっているようで、話し声はまったくせず、しわぶき一つ聞こえてこない。静かなものだ。

「右側の長屋の三つ目が南岳真弥斎の店です」

それにしても大仰な名を名乗っているものだ、と典兵衛は改めて思った。どこぞのいかがわしい占い師のようではないか。

「よし、刀を貸せ」

典兵衛は丑之助にいった。

「えっ、寺内どのが行かれるのですか」

「わしのほうがこの手の仕事には慣れておる。それに、一人のほうが目立たなくてよかろう」

「では、お言葉に甘えさせていただきます」

しゃがみ込んだ丑之助が菰包みを背中から下ろした。手を伸ばし、典兵衛は包みを開いて刀を取り出した。

井戸の前を通り過ぎ、典兵衛は小便臭い路地を、足音を立てることなく進んだ。人生最後の小便のあとに死んだ大田源五郎は、と思った。もうこの世におらぬことを知っただろうか。

目当ての店の前で立ち止まり、典兵衛は背後を振り返った。

暗闇の中、木戸の横にかがみ込んでいる丑之助の姿がうっすらと見えている。丑之助が典兵衛にうなずいてみせた。そこでまちがいない、という合図だ。

うなずきを返して、典兵衛は障子戸の向こう側の気配を探った。

雷のようないびきが聞こえる。南岳真弥斎は、いつもと変わることなく大酒を飲んで眠っているのだ。大袈裟でなく、いびきのたびに障子戸が震えている。

障子戸の引手に手をかけ、力を込める。するすると障子戸が横に動いていく。いびきは相変わらず聞こえてきている。

体の分だけ障子戸を開け、典兵衛は店にそっと入り込んだ。酒臭さに体が包まれる。ずっと飲んでいないだけに、安酒のにおいだけで気持ち悪くなってくる。

狭い土間にしゃがみ込み、典兵衛は闇を見透かした。

四畳半の真ん中で、だらしなく寝込んでいる男の姿がうっすらと見えた。暑いせいか、下帯だけの姿だ。盛大ないびきは今も変わらず続いている。

雪駄を履いたまま薄縁《うすべり》に上がり、典兵衛は真弥斎の寝顔をじっと見た。ずいぶんとしわ深い顔をしている。

これでいくつなのか。六十半ばに見えるが、それほどの歳なのだろうか。眉根を寄せ、どこか苦しそうにいびきをかいていた。

真弥斎のかたわらに典兵衛は、源五郎の血に刀身を浸した刀をそっと置いた。

——よし、引き上げるか。

土間に戻り、路地の気配を嗅いだ。人の気配など微塵も感じない。典兵衛は障子戸をあけようとした。

ぎくりとして手を止めた。向かいの長屋の障子戸が、いきなり音を立てて開いたからだ。

障子戸のわずかな隙間から、向かいの店から男が出てきたのが見えた。ぼりぼりと頭をかいている。この男も褌《ふんどし》姿である。路地に出て右手に歩きはじめた。どうやら尿意を催したようだ。

男が厠に入った気配を感じ取ってから、典兵衛は障子戸を開け、路地に足を踏み出した。足早に路地を戻り、木戸に戻った。

丑之助が安堵の顔つきになっている。

「心配したか」

「いえ、とんでもない」

「よし、帰ろう」

典兵衛と丑之助は、だいぶ闇が深くなった通りに出た。夜も少し更けてきて、閉める店が多くなったせいだろう。通りを行きかう者たちも、だいぶ数を減らしていた。

「南岳真弥斎はつい最近、木津根で大田源五郎と口論をしたらしいな」

足早に歩きつつ、典兵衛は丑之助にきいた。

「さようです。殺してやる、と源五郎に向かって口走ったそうです」

「でっち上げに過ぎぬが、真弥斎は源五郎殺しの下手人として捕らえられるかな」

「捕らえられるでしょう」

「お頭から預かったとき、おぬしの仕業ときいたが、やつの刀はいつ盗んだのだ」

「昨日の夜です。あの男は刀を帯びることなく、よく近所の飲み屋に行くのです。真弥斎はいつもへべれけですから、刀を盗まれたことすら、今も気づいておらぬでしょう」

ふふ、と典兵衛は小さく笑った。

「暢気《のんき》な男だ」

「それに南岳真弥斎は、人を脅して金を巻き上げるような真似ばかりしております。とにかく金に汚い男なのですよ。番所の者に捕らえられたからといって、不憫《ふびん》に思う者など一人としておらぬでしょう。先ほどの伊和吉長屋の大家を脅し上げて、家賃も払わずに住んでもおりますし」

「そうか、そういう悪行ばかりはたらいておるのか。ならば、なんら容赦《ようしゃ》はいらぬというわけだな」

「そういうことです。あの刀がある以上、南岳真弥斎は時を置くことなく、番所の役人に捕まることになりましょう」

「万が一、番所の役人が捕縛に手間取るようなことがあれば、こちらからたれ込んでもよいな」

「ああ、さようですね」

同感の意を丑之助があらわす。

「ところで寺内どの」

改まった様子で丑之助が呼びかけてきた。

「なにかな」

「それがしがもし死ぬようなことになったら、後始末をお願いできますか」

いきなりそんなことをいったから、典兵衛は驚いた。

「後始末だと」

ええ、と丑之助がうなずいた。

「それがしの体から、髻《もとどり》を切ってくださるだけでよいのですよ。それをできれば、どこかに埋めてください」

「それだけでよいのか」

「はい、それでけっこうです」

はかない感じの笑いを丑之助が浮かべた。

「それがしは、生まれついての浪人です。これまで四十年近く生きてきて、いいことなどなに一つなかった。妻もなければ子もない。菩提寺など、あるはずがない」

そういう身の上だったのか、と典兵衛は思った。

「根なし草なのに、どういうわけか墓だけはほしいのですよ。いや、根なし草だからこそ、せめて死んだあとに落ち着ける場所がほしいのでしょうね。寺内どの、それがしの髻を埋めてくださいますか」

真剣な顔で丑之助は頼み込んできている。

「わかった。どんなことがあろうと、必ずおぬしの髻だけは切ることにしよう」

大きく顎を動かし、典兵衛は承知した。

「かたじけない」

足を止め、丑之助が頭を下げてきた。

「いや、そのような言葉はいらぬ。それに、おぬしが死ぬようなことはなかろう。腕は立つし」

「しかし、湯瀬直之進にはまったく歯が立ちませんでした。あの男とまたやり合ったら、今度こそ死ぬような気がしますよ」

「その前にわしが湯瀬を討つ」

三人田の柄《つか》を軽く叩いて、典兵衛は力強くいった。

「三人田さえあれば、無敵だろう」

「確かに。しかし寺内どの、湯瀬も三人田を帯びておりますぞ」

「三人田を使う者同士、戦ったらいったいどうなるのかな」

「こんなことをいっては叱られるかもしれませぬが、是非とも見てみたいものですよ」

「わしが湯瀬ごときに負けるはずがなかろう。必ず勝ってみせるゆえ、附田、目を見開いてみておれ」

「それは頼もしいお言葉だ」

丑之助がにこやかに笑った。

「どうか、それがしが湯瀬に殺られる前に、討ってくだされ。お願いいたします」

「任せておけ」

胸を叩くように請け合った典兵衛は前をまっすぐ向いた。おや、と口から声が漏れ出る。

「どうかされましたか」

横から丑之助が不思議そうにきいてきた。

「向こうの空がずいぶん明るいと思ってな」

「どのあたりですか」

「あの辺だ」

手を伸ばして典兵衛は西の空を指さした。首を回して、丑之助が眺めはじめる。

「明るいですか」

「うむ、あのあたりで火事でも起きているのではないか」

だが、どこからも半鐘《はんしょう》の音は聞こえてこない。丑之助はしきりに首をひねっている。

「おぬしには見えぬのか」

「はあ、見えませぬ。空は暗いばかりです。星の瞬きも見えませぬ」

あれはわしだけに見えておるのか、と典兵衛は愕然として思った。これはいったいどういうことなのだろう。

——目がおかしいのだろうか。それとも神仏が、なにかを告げようとしているのだろうか。

今はどうでもよい。とにかく急いで屋敷に帰ることだ。

——湯瀬直之進を待ち受けねばならぬ。

唇をぎゅっと嚙み締め、典兵衛はひたすら道を急いだ。

典兵衛の後ろを、食らいつくように丑之助がついてくる。

第四章

一

相変わらず町は殺気立っている。

夜が明けてまだ間もないのに、大気には涼しさなどかけらもない。

八丁堀の屋敷からほんの二町ばかり歩いただけで、すでに富士太郎の体は汗まみれだった。

早朝のひんやりした風がなつかしい。最後に味わったのはいつだったか。

歩を進めつつ富士太郎は、むっ、と顔をしかめた。どこからか怒声が聞こえてきたのだ。

——また喧嘩かい。

うんざりしたが、放っておくわけにもいかず、富士太郎は声のした方角に向かいかけた。しかし、怒鳴り声はそれきり聞こえてこなくなった。

——もう仲直りしたのかね。それとも、この蒸し暑さに辟易して、喧嘩するのも面倒になっちまったのかな。

いずれにしろ、出仕途中の富士太郎にはありがたいことだ。寄り道をせずにすむ。

富士太郎は、再び南町奉行所に足を向けた。それにしても、と空を見上げて思った。この悪天は、いったいいつになったら終わるのだろう。

もう二月《ふたつき》近くも続いているのではあるまいか。重い雲がひたすら空を覆い、息が詰まってしようがない。

いくらなんでもこの天気が果てしなく続くことはさすがにないだろうが、晴天の見通しがまったく立たないことも、江戸の町人たちを苛立たせる一因となっている。

富士太郎は、青い空を見たくてならない。たまにわずかな晴れ間がのぞいても、すぐ厚い雲に閉ざされてしまうのだ。もう何日、広々とした青空を目にしていないだろう。

——ほんと、この鬱陶しさは、もう勘弁してほしいよ。秋が来さえすれば、さわやかな天気になるのかねえ。秋ももしこの調子だったら、目も当てられないねえ。ああ、いやだ、いやだ。当たり前に季節が巡ることが、この上なくありがたいことだとは思いもしなかったよ。夏の蟬《せみ》しぐれの暑さや冬の凍りつくような寒さに、文句をいっちゃあいけないね。

これから仕事場に向かうのか、職人やお店者《たなもの》が大勢、行きかっているが、どの顔もひどく暗く、むしゃくしゃする気持ちを隠そうともしない。

――できれば、皆のあんな顔は見たくないよ。まともな季節の巡りがありがたいのは、体の健やかさと同じだね。風邪を引いたり、病にかかったりしたとき、健やかでいることのありがたさが、ほんと、身にしみるものね。

南町奉行所の大門が見えてきた。

――ああ、そういえば、今夜は坂巻さんの通夜《つや》があるんだったね。とにかく、通夜の前に下手人を挙げることができて、よかったよ。不幸中の幸いって、こういうことをいうのかな。もし下手人を捕らえていなかったら、通夜に顔を出すとなんか、できっこないものね。

さらに足を速めた富士太郎は、大門をくぐった。長屋内の定廻り同心の詰所に入る。

今日も自分が一番乗りのはずだった。

だが、すでに一人の男が詰所にいて、坂巻十蔵の文机の前に座り、帳面をめくっていたのだ。富士太郎が入ってきたことに気づき、男が顔を上げる。しわ深い顔をしている。

——ああ、岡高義兵衛どのだね。

「おはようございます」

頭を下げ、富士太郎は快活な声を投げた。

「おはようござる」

丁寧に挨拶を返した義兵衛がすぐに立ち、富士太郎に歩み寄ってきた。穏やかな笑みを浮かべているが、少しかたさがあるのは否めない。

それは富士太郎の笑顔も同様だろう。顔を見かけたことは何度もあるが、言葉を交わすのは初めてだった。

「その若さから推し量るに、そなたが樺山どのですな」

半間ほどまで近づいた義兵衛が、にこやかに語りかけてきた。

「さようにございます。それがし、樺山富士太郎と申します。どうか、これからよろしくお願いいたします」

すんなりと声が出た感じがせず、富士太郎はもどかしかった。

「それがしは岡高義兵衛と申します。新参も同様ゆえ樺山どの、どうか、お引き回しのほど、よろしくお願いいたす」

腰を深く折り、義兵衛が丁重に挨拶してきた。五十も半ばを過ぎた人物だけのことはあり、いかにも世慣れた感じだ。

「いえ、それがしはご覧の通り、若輩者《じゃくはいもの》でございます。大先輩の岡高さまには、いろいろと教えてもらおうと思っております。どうか、よろしくご指導ください」

義兵衛に負けじと富士太郎は深々とこうべを垂れた。顔を上げて言葉を続ける。

「それがしの言葉は偽りではありませぬ。岡高さま、遠慮なくびしびしおっしゃってください。よろしくお願いします」

「とんでもない」

あわてたように義兵衛が右手を振った。

「樺山どのの活躍ぶりは、それがしもよく聞いております。それがしが樺山どのに指導することなど、一つたりともありませぬ。——それよりも樺山どの、それがしを呼ばれるとき、さまづけは、どうか、おやめくだされ。できれば、さんづけ、で呼んでくださるとありがたい」

これは別に逆らうようなことではないね、と富士太郎は思った。

「承知いたしました。では、これからは岡高さんと呼ばせていただきます」

目尻のしわを深く刻んで、義兵衛がにこりと笑った。

「かたじけない」

おや、と富士太郎は義兵衛の顔をちらりと見直した。

——なんだか目が赤いねえ。熱でもあるのかな。

「どうかしましたか」

じっと富士太郎を見返して、義兵衛がきいてきた。

「い、いえ、なんでもありません」

首を振り、富士太郎は軽く咳払いした。

「しかし樺山どの、驚かれたでしょう」

真剣な顔で義兵衛が富士太郎にいった。義兵衛がなににについてきいているのか、富士太郎は一瞬で解した。

「いえ、そのようなことはありませぬ。岡高さんは、定廻り同心にふさわしいお方だとそれがしは思っています」

「いや、世辞などいわずともよろしいですよ。それがしも、いきなり御奉行に呼び出され、定廻り復帰を命ぜられたときは、心の底からびっくりしたくらいですから」

「ああ、さようでしたか」

「とにかく樺山どの、これからよろしくお願いいたす」

改めて義兵衛が辞儀してきた。こちらこそよろしくお願いします、と富士太郎は返事をした。岡高さん、と呼びかける。

「もうじき、ほかの皆さんも出仕なさるでしょう。その前に、それがしは掃除をしようと思います。気にされず、のんびりとお過ごしください」

「掃除なら、それがしがすませましたよ」

軽い口調で義兵衛がいった。

「えっ、まことですか」

ええ、と義兵衛がうなずいた。

「十五年ぶりの定廻りですからなあ、昨晩はろくに眠れなかった。夜が明けるのももどかしく、こちらにちと早く来すぎてしまいました。することもないので、それがし、勝手に掃除をさせていただきました」

見渡してみると、確かにどこにも埃が落ちていない。一日たてば、部屋の隅に埃が溜まるような詰所である。

それがここまできれいになっているということは、よほど細かいところまで気を配って箒を使ったのだろう。

詰所全体に、拭き掃除もしっかりとやってある様子だ。

「それがしが掃除するよりも、ずっときれいですね」

世辞でなく富士太郎はいった。はは、と少し恥ずかしそうに義兵衛が笑った。

「実をいうと、それがしは、屋敷でもよく掃除をしておるのですよ」

「岡高さんがですか」

「十五年前に定廻り同心を罷免《ひめん》され、定橋掛同心になったときからです。妻に頭が上がらなくなりましてな、屋敷の掃除をなんとなくするようになったのです。ですので、掃除は慣れたものですよ」

「そうだったのですか」

「こういってはなんですが、定橋掛は閑職ですからね。それがしがそちらに回されたとき、妻が激怒しましてな。普段は優しく、怒ることなど滅多にない女だったので、あまりの剣幕《けんまく》にそれがしは仰天《ぎょうてん》しました。大袈裟でなくひっくり返りましたよ」

もしおいらが、と富士太郎は思った。定廻りを罷免されて閑職に回されたら、智ちゃんは怒るだろうか。

富士太郎は智代の顔を脳裏に思い描いた。

——智ちゃんが怒髪《どはつ》、天《てん》を衝《つ》くなんてことはあるのかな。智ちゃんなら、にこにこ笑って許してくれるんじゃないかなあ。でも女の人は祝言を挙げた途端に変わるというから、これは甘い考えに過ぎないのかなあ。いやいや、そうじゃないよ。智ちゃんはどんなときでも、おいらを好きでいてくれるに決まっているさ。

やがて、次々に同僚がやってきた。誰もがにこやかに義兵衛と挨拶をかわしていく。義兵衛に対して、不信感や不満、疑念など感じていない様子に富士太郎には見えた。

——皆さん、なんのわだかまりもないようだね。安心したよ。

だが詰所を見渡した富士太郎は、すぐに首をひねることになった。

——あれ、今朝は大田さんが遅いね。珍しいこともあるものだね。

富士太郎は、はっとした。これは坂巻十蔵が詰所に来なかったときと同じではないか。

――まさか、今度は大田さんの身になにかあったんじゃないだろうね。冗談じゃないよ。

富士太郎の背筋にじっとりと汗が浮かんだ。詰所の戸口を見た。

――本当に大田さん、どうしたんだろう。

悪い予感が富士太郎の胸をよぎる。

――いや、大田さんに限って、そんなことがあるわけないじゃないか。もうじき出仕するに決まっているよ。

だが、詰所の戸は閉まったままだ。開くような気配は富士太郎には感じられない。

「もうお一方、いらしていないようですね」

義兵衛が不思議そうな声を発した。

「大田さんがまだですね。しかし、きっとすぐにいらっしゃいますよ」

富士太郎は声を励まして、義兵衛にいった。

「さようでしょうな。しかし、仄聞《そくぶん》したところによると大田さんといえば、生真面目で知られたお方ではありませぬか。まだいらっしゃらないなど、きっと珍しいことでしょうに」

「確かにおっしゃる通りです」

富士太郎は認めざるを得なかった。

「大田さんになにかあったのだろうか」

久保崎丹吾《くぼざきたんご》が眉間にしわを寄せていった。額にわずかに汗がにじんでいる。

「風邪でも引かれたのかもしれません」

自分でもあまり説得力のない言葉だな、と思いつつ富士太郎は丹吾にいった。

なにしろ大田源五郎も体は頑健で、これまで風邪などで休んだことはほとんどないのだ。

「うむ、まこと、風邪かもしれぬ」

不安そうに瞳を揺らしながらも、丹吾が笑みを浮かべる。

「鬼《おに》の霍乱《かくらん》ということもあるゆえ」

重い空気を払うために皆を笑わせようとしたようだが、うまくいかなかった。

同僚同心たちの顔は訝《いぶか》しげなままだった。

本当にどうしたんだろうか、と富士太郎は再び戸口に目をやった。

じっと見続けたが、いつまで待っても、人が入ってくる気配はない。

――心配だね。

富士太郎の心に暗雲が広がる。これは大田さんの屋敷に行くしかないね、と決意したとき、戸が音もなく横に滑った。

――ああ、よかった。いらしたよ。

富士太郎は胸をなで下ろした。ほかの同僚たちも安堵の色を浮かべた。

だが、戸口に顔を見せたのは、定廻り同心詰所づきの小者である守太郎だった。

――ああ、なんだ。

富士太郎は落胆した。同僚たちの顔も一気に沈んだ。

自分があらわれたことで詰所内の空気が一瞬で重くなったことに、守太郎が戸惑いの表情を浮かべる。

「ああ、守太郎、おはよう」

富士太郎はすぐに明るい声を投げた。

おはようございます、と安心したように守太郎が挨拶を返してきた。

「なにかあったのかい」

――まさか、大田さんのことじゃないだろうね。

息を詰めて富士太郎は守太郎を見守った。

「はい。皆さんを御奉行がお呼びです」

「えっ、御奉行が。今すぐに来るようにおっしゃっているのかい」

胸中の気がかりを押し殺して、富士太郎は守太郎にたずねた。

「はい、すぐに広間に参集するようにとの仰せでございます」

富士太郎は、隣に立っている丹吾と顔を見合わせた。他の三人の同心の面には、朝から奉行がなんの用事だろう、といいたげな色が浮かんでいる。

――本当だよ。こんなに早くから御奉行は、おいらたちにどんな用件があるんだろう。

このようなことは、これまでほとんどあったためしがない。しかし、朝山越前守が呼んでいるというのなら、無視するわけにはいかない。

「わかった。すぐに行くよ。でも守太郎、大田さんがまだいらしてないんだ」

「えっ、大田さまがまだなのですか」

守太郎が意外そうな顔になった。守太郎も、源五郎が遅刻などしないことをよく知っているのだ。

「そうなんだよ。大田さんの屋敷から、なにか知らせはきていないかい」

「いえ、なにもきておりません」

「大田さんの縄張で、朝早くになにか事件が起きたというような知らせも入っておらぬか」

守太郎にきいたのは、青口誠左衛門《あおぐちせいざえもん》である。誠左衛門は南町奉行所きっての剣の遣い手として知られ、眼光鋭く、犯罪人の捕縛の際には頼りになる男だ。

「なにも入ってきておりません」

そうか、といった誠左衛門の肩が落ちた。

守太郎、と富士太郎は呼びかけた。

「もし大田さんがいらしたら、広間に来るように伝えておくれ」

「承知いたしました」

守太郎が請け合った。

「必ず伝えます」

富士太郎たちは広間に赴《おもむ》いた。

驚いたことに、南町奉行所に勤仕する与力や同心がずらりと集まっていた。おそらく、小者や中間以外の全員がそろっている。広間は人いきれで、息苦しいほどだ。

――この場にいらっしゃらないのは、大田さんだけではないかね。

手の甲で首筋の汗をぬぐって富士太郎は思った。

定廻りのほかにはすべての者がすでに来ているようだ。富士太郎たちは広間の後ろのほうに遠慮がちに座した。富士太郎たちの背後にも入りきれない者たちが玄関のほうに居流れている。

前を向くと、人垣の向こうに一段上がった畳敷きの間が見えるが、そこにはまだ朝山越前守はいない。

しかし、富士太郎たちが着座したのを見計らったかのように、脇の板戸が開き、朝山が姿を見せた。足早に歩いて中央の位置で足を止める。広間の者たちを見渡してから、脇息《きょうそく》をどかし、端座した。

「皆の者、おはよう」

朗々たる声で朝山がいった。おはようございます、と広間の者たちが応じた。

「皆の者、朝の忙しいときに、よく集まってくれた。礼を申す」

軽く頭を下げた朝山が背筋を伸ばし、深く息を吸い込んだ。

「皆に集まってもらったのは、大事な用件があるからだ」

いったいなんだろう、というようにざわざわと広間に小波《さざなみ》が広がった。だが、朝山が咳払いしたことで、すぐに静まりかえった。

「皆にとって思いもかけぬことをいうことになるかもしれぬが、驚かずに聞いてほしい」

なにをおっしゃるのだろう、と富士太郎は胸が急にどきどきしてきた。

——突拍子《とっぴょうし》もないことじゃなきゃいいけど。

今や、広間にいる者すべての目が朝山に集中している。

もったいをつけることなく、朝山がほとんど間を置かずに宣した。

「まだだいぶ先のことではあるが、重要なことゆえ、申し伝えておく。——来年の四月より、江戸に住むすべての町人から税を取ることが決まった」

ええっ、と富士太郎は仰天した。広間にいる者たちにも、どよめきが走った。どよめきはざわめきとなり、波のように広間を通り抜けていった。

——なにかいやな予感はしてたけど、とんでもないことをいいだしたよ。

富士太郎は、目ん玉がひっくり返るような衝撃を覚えた。

広間の者たちの驚きに斟酌することなく、朝山が声を張り上げる。

「町人の税といえば、これまでは富裕な商人たちから御用金として徴収してきた」

そのことは富士太郎も知っている。ときに公儀からの要求は莫大なものになり、数軒の豪商から合わせて一万両もの金を徴《ちょう》したこともある。

あまりに無体《むたい》な公儀の要求に、豪商たちも、そのような大金を支払うのは無理でございます、なにとぞ減額をお願いいたします、と嘆願書を提出したことが何度もある。嘆願が公儀に通ることもあれば、通らないこともあった。

小さく身じろぎして朝山が続ける。

「御用金だけでなく、夫役《ぶやく》という税があるが、これは土地や家屋を所有している者だけにしかからぬ。そのことは、そなたらも承知しておろう」

長屋の井戸の掃除や上水道の木管の修理、下水道の木組みや石組みの整備、用水桶の配置や補修、火《ひ》の見櫓《みやぐら》の修繕、千代田城や役所の清掃などの労役が夫役に当たる。この手の仕事に土地や家屋を有する者は人を出すことが決められていたが、それも今は人手を集めるのにはことのほか手間がかかるということで、代銀で支払うことがほとんどになっている。

身を乗り出し、朝山がなおも熱弁を振るう。

「豪商や分限者《ぶげんしゃ》から税を取るだけでは、公平とはいえぬ。富める者が税を負担するのは当たり前といえようが、これからは江戸で暮らす者すべてから取るようになったのだ。それでこそ公平といえよう」

「裏長屋に住むような、貧しい者からも取るのでしょうか」

広間の前のほうから上がった声を聞き、富士太郎はどきりとした。朝山に鋭い口調できいたのは、富士太郎の直属の上役の荒俣《あらまた》土岐之助《ときのすけ》である。

うむ、と朝山がうなずいた。

「江戸に暮らす者すべてにだ。例外はない」

土岐之助をしっかと見据えるようにして朝山が断じ、言葉を続けた。

「公儀に税をおさめておるのは、豪商や分限者だけではない。江戸近郊で暮らしている百姓衆も年貢をおさめておる。豪商や分限者、百姓のみが税や年貢を負担しているのは、どう考えてもおかしい。繰り返していうが、税というのは万民に平等であるべきだ。ゆえに、これからは、江戸で暮らす町人たちにも税を課す」

「町人からはいくら取るのでしょうか」

これは別の与力が問うた。

「それだが――」

朝山が軽く顎を引いた。

「さすがにあまりに高すぎると、払えぬ者も出てくるであろう。町人たちには一年に一度、四月に人別帳《にんべつちょう》に記載をさせているが、その際に一人につき百文、おさめてもらうことに決まった」

「一人百文ですか」

声を上げたのは、またも土岐之助である。

「そうだ。百文だ」

「子供もおさめるのですか」

「そうだ。歳は関係ない。一律に百文をおさめてもらう」

「夫婦二人に子が四人いれば、六百文ということになります。それは、決して軽くはない負担だと存じますが」

――ほんと、荒俣さまのおっしゃる通りだよ。裏長屋で暮らす子だくさんの者に、いっぺんにそれだけの金を払えるはずがないよ。

瞳に怒りの色を宿して朝山が土岐之助をにらみつけているのが、富士太郎から見えた。

「一人につき一両払え、といっておるわけではない。一人百文くらい、江戸で暮らす者なら工面《くめん》できるはずだ。――荒俣と申したな。そなた、長屋のひと月の店賃がいかほどか、存じておるか」

「はっ、存じております。長屋の広さにもよりますが、だいたい三百文から五百文が相場ではないかと思います」

「うむ、その通りだ。腕のよい職人であれば、日に千文を稼ぐというではないか。年に一度、町人一人から百文を徴収するなど、どうということもなかろう」

「しかし、女手一つで子を育てている者も多くおります。そういう者たちは腕のよい職人のような稼ぎを得ることはできませぬ」

「母親が一人の家に四人の子がいたとしても、五百文を貯えることは、さして難しいことではあるまい」

「とんでもない」

かぶりを激しく振って土岐之助が否定する。

「江戸で暮らす者たちは、日々の費《つい》えに追われ、その日をなんとかしのいでいる者がほとんどです。三百文の店賃も払えず、滞納する者が多いと聞き及んでおります。そういう者たちに何百文もの貯えなど、できるはずもございませぬ。御奉行、なにとぞご一考をお願いいたします」

荒俣、と朝山が静かに呼びかける。

「よいか。これは、わしの一存で決まったわけではない。公儀が決めたことだ。

もはやわしに一考の余地などないのだ」

どうやら御奉行は、と富士太郎は思った。老中や若年寄の内意を受けて、この発表に至ったようだね。むろん、北町奉行にも同様の話はいっているにちがいないよ。

富士太郎は唇を嚙み締めた。

――それにしても、いったい誰がこんなことをいいだしたんだろう。腹が立つよ、もう。

富士太郎は、我知らず朝山をにらみつけていた。朝山が発案者ということは考えられないだろうか。十分すぎるほど考えられる。三月末に朝山が南町奉行になり、そのあとにこのような触《ふ》れが出てくるなど、あまりに都合がよすぎないだろうか。

「あのう、赤子からも取るのでございますか」

ほかの与力がおずおずときいた。

「当然だ。例外はないと先ほど申したであろう」

激したかのように体をわなわなと震わせて朝山が告げた。

来年の四月から税を取るというのなら、と富士太郎は思った。来年生まれる赤子は、ほとんどが五月以降に生まれたことになるにちがいないよ。

「しかし、なにゆえ急にそのようなことが決まったのでございますか」

　また土岐之助の声が富士太郎の耳に届いた。

「公儀の台所は、さほどに困窮しているのでございましょうか」

「困窮しているに決まっておるではないか」

　決めつけるように朝山がいった。

「そのくらいのことは、そなたもよく知っておろう」

「しかし、困窮しているのは庶民も同じでございます」

「同じではない」

　憤然とした口調で朝山がいった。

「武家では、酒を飲みたくても我慢している者が少なくない。だが、町人はちがう。昼から飲んだくれている者がどれほど多いか、そなたは知らぬのか」

「昼間から飲んでいる者は、朝早くから仕事をし、早々に仕事を終えた者がほとんどでございます。それに、すべての武家が酒を我慢しているとは思えませぬ。御奉行、江戸に住まう武家からは税を取らぬのですか」

　さらに土岐之助が突っ込む。

「取らぬ」

朝山があっさり答えた。

「なにゆえでしょう」

意外、という思いを土岐之助が言外に込めたのを富士太郎は覚った。その意は、朝山にも伝わっただろう。

「先ほども申したが、武家はひどく困窮しているからだ。どこからもそのような金は出ぬ」

「それがしも重ねて申し上げますが、ひどく困窮しているのは、貧しい町人たちも同じでございます」

「困窮の度合がちがう。武家といえども、内職にいそしんでいる者が多い。そのような者から金は取れぬ」

「内職をしているのは庶民も同じでございます。それに我ら武家には、その日の米を購うのに難儀している者はほとんどおりませぬ。しかし庶民はちがいます。稼ぎがないために夕餉を抜いて早々に寝につく者も多うございます。御奉行は先ほど、例外はない、とおっしゃいました。江戸で暮らす者すべてに税をかけるというのなら、それがしは武家にも課すべきだと存じます」

「ならば、まずはそなたが払えばよい」

冷たく朝山がいい放った。

「そこまで申すなら、荒俣自ら手本を示すがよかろう」

「承知いたしました。来年の四月といわず、すぐにお支払いいたします」

「よかろう。好きにせい」

「好きにいたします」

土岐之助が昂然と顔を上げていったのが、富士太郎にはわかった。朝山のこめかみに血脈が浮き上がっている。今にも怒鳴りつけそうだ。

「ところで御奉行は、今この江戸にはどのくらいの町人がいるのか、ご存じですか」

土岐之助の舌鋒《ぜっぽう》は衰えない。

「およそ六十万人といわれておる」

「六十万人の町人から百文ずつを取ったとして、総額でいくらになるか、御奉行は計算なされましたか」

「むろんよ。およそ一万五千両というところだな」

「決して少なくない金額でございますが、途方もない、というほどの金額でもありませぬ」

そのことについて、朝山は否定しなかった。

「この一万五千両、御奉行はなにに使うおつもりですか」

「わしが使うのではない。公儀の御要人がなにに使うか、お決めになる。もちろん、町人たちから集めた税を、自らの懐に入れるような真似は決してせぬ。聞き及ぶところによれば、江戸の橋や道の普請や修繕に使うことになっておる。江戸の町人たちが頻繁に用いるものに税を使うのだ。文句はあるまい」

目を土岐之助から離し、朝山が広間の者たちを見渡した。

「話はこれで終わりだ。一人百文の税について、江戸の町人たちに周知徹底せよ」

すっくと立ち上がり、朝山がすたすたと広間を出ていく。あっという間に姿が見えなくなった。

しかし、広間にいる与力や同心はその場を立ち去ろうとしない。膝を突き合わせて話をはじめている。

「こいつは大変なことになった」

つぶやいて、久保崎丹吾がかたく腕組みをした。

「まったくです。こんなことをすれば、人別帳への記載をきらって、無宿人《むしゅくにん》が多く出るのではないでしょうか」

富士太郎は丹吾にいった。

――坂巻十蔵さんが亡くなったばかりで、おいらたち定廻り同心が落ち着きを取り戻していないこんなときに、なにゆえ御奉行はこのようなことをいい出したのかな。来年の四月ならまだ十月《とつき》ある。もう少しあとで公《おおやけ》にしてもいいんじゃないのかい。

富士太郎には、わけがわからない。無宿人が増えれば犯罪も増加するだろう。今でもゆるみつつある江戸の箍《たが》が、さらにゆるんでしまうのではないか。

「御奉行は我らに、税のことを町人に知らせるようにおっしゃったが、自分たちに課される税のことをきいたら、みんな不満をあらわにするだろうな」

腕組みを解いた丹吾が憂い顔でいった。

「まったくだ」

すぐさま誠左衛門が同意する。

「江戸の町で打ち壊しが起きるかもしれぬ」

ふむう、と富士太郎はうなり声を発した。

「たかだか、といっては語弊があるでしょうが、一万五千両のために、町人たちの不満を募らせるような真似をせずともいいと思うのですが」

「本当だな」

顎を引いて丹吾が富士太郎を見る。

「もし税を取るのなら、荒俣さまもおっしゃったが、侍からも取らなければおかしいのではないか。それこそ公平とはいえぬ」

「しかし、その気は御奉行にはなかった」

いかにも残念そうに誠左衛門がいった。

「御奉行の一存ではむろんなく、公儀の御要人がお決めになったことだろうが、やりきれぬな」

富士太郎も、日々を必死の思いで暮らす町人たちのことを思うと、胸が締めつけられるような気持ちになってくる。やはり、と朝山の顔を脳裏に描いて考えた。

——町奉行になってはならない人がなっちまったんだよ。昨日、初めて口を利いたときの疑念は、残念ながら当たっちまったんだよ。

いつまでも広間にいられず、富士太郎たちは廊下に出た。出際《でぎわ》に上役である荒俣土岐之助の顔が富士太郎の目に入った。まだ広間にぽつんと座していたが、怖い顔をしていた。なにか決意を秘めたような表情をしている。

土岐之助は一徹である。富士太郎としては、無茶をしなければよいけど、と祈ることしかできなかった。

丹吾や誠左衛門、義兵衛たちと連れ立って富士太郎は詰所に戻ってきた。戸口の前に守太郎が立っていた。ひどく暗い顔をしている。暗澹《あんたん》、という言葉がぴったりくる顔色だ。

富士太郎は、はっとした。

――大田さんのことでなにかわかったんじゃないかね。

「なにがあったんだい」

守太郎の眼前に立った富士太郎はすぐさまただした。

「大田さまが……」

それ以上の言葉が守太郎は続けられないようだ。

「大田さんがどうした」

富士太郎は守太郎を見つめて、きいた。他の同心たちも身じろぎせずに凝視している。

ない。

「ええっ」

なんとなく予感はあったが、実際に告げられると、やはり信じることなどでき

「亡くなりました」

「なにかのまちがいだろう」

坂巻十蔵が死んで、まだほんの二日しかたっていない。

――なにしろ今夜、坂巻さんの通夜があるのだ。そんなときに大田さんが死ぬなんて、あり得ない。

「大田さまは殺されたようでございます……」

富士太郎は声が出なかった。嘘だろう、という思いが心の底からわき上がってくる。朝山から聞かされた税の話は、すっかり頭から消えていた。

むう、と富士太郎はうなった。

うなるしかなかった。

富士太郎の横で珠吉も立ちすくんでいる。目の前の光景が信じられずにいるようだ。

源五郎は斬り殺されて、路上に横たわっていた。

とんでもない手練《てだれ》に殺られたのは疑いようがない。それほどすさまじい斬り口なのだ。

源五郎の体は両断されていた。右半身と左半身が斬り離されてしまっている。

おびただしい血が二つの斬り口から流れ出し、源五郎の亡骸は血の池に沈んでいた。

これで殺されてからどのくらいたっているのか、富士太郎は呆然としつつも考えた。

多分、半日は経過しているのではあるまいか。鼻をつく鉄気《かなけ》臭《くさ》さが立ち込めて、路地から逃げようとしない。

――いったいどんな遣い手が大田さんを殺《や》ったんだい。

悔しくて富士太郎は泣きそうになった。だが、涙を見せてなどいられない。なんとしても下手人を捕らえ、源五郎の無念を晴らさなければならない。泣くのは、そのあとだ。

源五郎の骸が横たわっている場所は、芝口三丁目の日当たりの悪い裏路地である。

路地には小さな稲荷社があり、その隣に建つ木津根という古びた煮売り酒屋で昨晩、源五郎は十蔵を偲んで一人、飲んでいたようなのだ。

源五郎がこの路地で死んでいることを町奉行所に報《しら》せたのは、木津根の店主の鍋太郎《なべたろう》である。

昨晩、店を閉めたのが夜も更けた九つ半頃、今朝の五つ過ぎに起き出し、いつものように稲荷社の掃除をしようとしたところ、路地に倒れている死骸を見つけたのだ。あまりにびっくりして、腰を抜かしたという。

「大田さんは昨夜のいつ頃、おまえの店を出ていった」

語気鋭く青口誠左衛門が鍋太郎にきいた。

「けっこう早かったですよ。まだ五つにはなっていなかったような気がしますね。六つ半は過ぎていたと思いますけど。大田さまは翌日が非番のときを除いて、滅多に深酒をされませんでしたねえ」

すでに源五郎を懐かしむような鍋太郎の口ぶりに、富士太郎はかちんときたが、なにもいわずに黙っていた。源五郎の骸に目をやる。まだ検死医師は来ていないが、富士太郎の見た限りでは、殺されてからやはり相当たっているのはまちがいない。

「昨夜の九つ半頃に店を閉めたといったが」

誠左衛門が鍋太郎に問う。

「閉店の前に出ていった客は、大田さんに気づかなかったのか」

多分そうなんでしょうね、と鍋太郎が返事に窮したように小腰をかがめた。

「この路地は明かりもありませんし、その上、昨夜の客もしたたかに酔っ払っている者ばかりでしたから、気づかなかったんじゃないかと思います。仮に路地に横になっている人に気づいたとしても、酔って眠りこけているくらいにしか思わなかったんじゃないでしょうか。この時季なら、凍え死にするようなこともありませんし」

「これだけ濃い血のにおいがしているのに、気づかなかったというのか」

「きっとそうなんでしょう」

悲しみの色を浮かべて鍋太郎がうなずいた。

「酔っ払うと、鼻が利かなくなりますから」

いまいましそうな顔で、誠左衛門が路地を見渡した。

「ここは、朝も人通りがないのか」

「ええ、いつもひっそりとして静かなものですよ。子供もろくに遊びに入ってきませんしね。路地の先がお寺さんの塀に突き当たって終わっているんで、そこのお稲荷さんか、うちの店に用がある人しか通りません」

鍋太郎の言葉に、富士太郎は路地を見通した。路地の右側は、小さな稲荷社と木津根という店しかない。左側は、商家の築地塀が続いている。

おや、と富士太郎は商家の塀を見た。

「ここ、少しだけ濡れているようだね」

富士太郎は築地塀に近寄り、見つめた。

「立ち小便の跡みたいですね」

後ろから珠吉がいう。

「日当たりが悪いせいで、乾かなかったんでやしょう」

「これは大田さんの小便の跡かな」

「そうなんじゃないでしょうか」

うなずいて富士太郎は背後を見た。そこには赤い鳥居の稲荷社がある。

「ということは、下手人はそこのお稲荷さんにひそんでいたんだね」

「身を隠すのに都合のよい茂みがありやすよ」

「うん。つまり、木津根を出た大田さんがここで立ち小便をすることを、下手人は知っていたということかな。――鍋太郎とやら」

　富士太郎は振り向いて、二間ばかり離れて立つ店主を呼んだ。

「なんですかい」

　鍋太郎が怪訝そうに近づいてきた。誠左衛門は動かなかったが、なんだ、という表情で富士太郎を見ている。

「大田さんは、よくここで立ち小便をしていたのかい」

「ああ、していらっしゃいましたよ。店の裏に厠《かわや》があるんですけど、大田さまは外のほうがよかったようです」

　そうかい、と富士太郎はいって珠吉に小声でささやきかけた。

「大田さんは見張られていたのかな」

「そうとしか考えられないでやすよ。命を奪った者は、大田の旦那がいつもここで立ち小便をすることを知っていたんでやすよ。立ち小便を終えて大田の旦那の全身から力が抜けた瞬間を狙って、刀を振るったにちがいありやせん」

　むう、とまたうなり声を上げて富士太郎は、最近の源五郎の様子を思い返してみた。

　だが、源五郎にはなにも変わったふうはなかった。誰かに見られているような気がする、わけのわからない目を感じる、などと口にしたこともなかった。

定廻りが何者かに命を狙われていたのに、それに気づかないなど滅多にあることではない。悪事をはたらいた者を捕らえる役目だけに、怨みを買いやすく、身辺には常に気を配っているものなのだ。それは、源五郎も例外ではなかったはずだ。しかも、定廻りをつとめる者は勘がよい者ばかりだ。

しかし、と富士太郎は考えた。坂巻さんが殺されて余りの悲しさに警戒心が薄れちまったのかな。油断を衝かれたことになるのかね。大田さんは坂巻さんを偲んで飲んでいたとのことだけど、きっと酔ったことでさらに警戒心が働かなくなっちまったんだよ。そこを狙われちまったんだよ。

くそう、と富士太郎は思った。おさんが憎く思えてきた。おさんが十蔵を殺さなければこんなことにならなかったのではないか。

それでもすぐに富士太郎は、でも、と気づいた。これだけの斬り口を残せる手練に命を狙われたら、気づいていても、どうすることもできなかったかもしれない。

――おいらだったら、一瞬で殺されちまうだろうね。

富士太郎たち定廻り同心五人は手分けして、源五郎殺害の瞬間を見た者がいないか、まずは近所を聞き込むことにした。同時に、源五郎に怨みを抱いている者がいないかも、当たることにした。

芝口界隈は、もともと源五郎の縄張である。だから源五郎は、木津根のような場末の煮売り酒屋を知っていたのだろう。

聞き込みをはじめて四半刻ばかりたった頃、富士太郎と珠吉は酒問屋の手代から、一人の男の話を聞いた。

「その千代吉《ちよきち》というのは、何者だい」

薄暗い店内で富士太郎は手代にきいた。

「元岡っ引ですよ」

手代は千代吉を嫌っているようで、今にも唾を吐きそうな顔つきで答えた。

元岡っ引か、と富士太郎は思った。元岡っ引が剣の遣い手とは思えない。だが、元岡っ引なら裏街道に詳しい。殺しを人に頼むことだってできるだろう。

千代吉という名に、富士太郎は覚えはない。だが、源五郎の岡っ引をつとめていたというのだから、顔くらいは見たことがあるかもしれない。

「千代吉はこの町に住んでいるのかい」

「さようです」

「千代吉は、大田源五郎さんの岡っ引をつとめていたんだね」

「はい。御上の威光を笠に着て、この店にもよくたかりに来ましたよ」

「どうしておまえさんは、千代吉が大田源五郎さんに怨みを抱いていると思うんだい」

「大田さまに、手ひどく打擲《ちょうちゃく》されたことがあるからです。大田の野郎、必ずぶっ殺してやる、とこの店で息巻いていましたよ」

この酒問屋には立ち飲み場があり、今も近所の者らしい数人の年寄りが談笑しつつ、大ぶりの湯飲みで酒を楽しんでいた。

「大田さんを殺してやるといったそのとき、千代吉には酒が入っていたのかい」

「ええ、ただ酒を存分に腹に入れていました」

不愉快そうに顔をしかめて手代がいう。

「ですから、酔っての強がりかもしれませんけど、今お役人から大田さまが殺されたと聞いて、まず頭に浮かんだのが、あいつの顔でした」

「千代吉は剣の遣い手かい」

「それは、ちがうと思います」

「千代吉が大田さんに打擲されたのは、いつのことだい」

眉根を寄せて手代が考え込む。

「あれは二年ほど前になりますかねえ」

「二年前、千代吉はなぜ大田さんに手ひどく殴られたんだい」

「実はですね——」

まわりをはばかるように、手代が声をひそめた。

「酔った千代吉さんがこの近所に住む女房を手込めにしようとして、大田さまに見つかったんです」

「それで大田さんにこっぴどく殴られたのかい。岡っ引の手札も大田さんが取り上げたんだね」

「さようです。そんなことがあっても、いまだに親分、親分、と持ち上げるような者がいますからね、手前は信じられませんよ」

「千代吉はどこに住んでいるんだい」

その問いを待ちかねたように、手代が千代吉の住みかの場所を伝えてきた。

「いま行って、千代吉はいるかな」

「いると思いますよ。けっこうな年寄りのくせに、午前はいつもだらだらと寝ているみたいですから」

「一人暮らしかい」

「さようです。女房はおりません」

「最後にちょっときくけど」

真剣な顔で富士太郎は手代に問うた。

「お前さん、千代吉を捕まえてほしいからって、嘘をついたりはしてないね」

「もちろんです」

口から泡を飛ばすように手代がいった。

「手前はあいつに殴られたこともあって、本当に大嫌いですけど、嘘をついてまで捕まってほしいなどとは思いません」

「わかったよ。ありがとう」

手代に礼をいった富士太郎は、珠吉とともに酒問屋を離れた。教えられた通りにしばらく行くと、古ぼけた一軒家の前に立った。

ここだね、とうなずき合って富士太郎たちは枝折戸を押した。一歩先に進んだ珠吉が障子戸を叩く。

応えはなかったが、珠吉が叩き続けていると、なんでえ、としわがれた声が返ってきた。

「御用の者だ。早く開けな」

鋭い声で珠吉が障子戸越しにいった。がらがらと音を立てて障子戸が開いた。

「御用の者って……」

珠吉と似たような歳の頃と思える男の顔がのぞき、富士太郎たちをまぶしそうに見ている。富士太郎は、この顔に見覚えがあった。何度か会っているのはまちがいない。

酒にやられたのか、千代吉はかなりの赤ら顔だ。ずいぶんと酒臭い息を吐いており、富士太郎は顔をしかめそうになった。

「あれ、こちらの旦那、見覚えがありやすね」

珠吉を通り越して、千代吉が富士太郎をじろじろと見る。

「樺山だよ」

「ああ、そうだ。樺山の旦那でしたね。――樺山の旦那が、こちらの縄張を受け持つことになったんですかい」

むっ、と富士太郎は千代吉を見据えた。

「どうしてそう思うんだい」

「だって大田の旦那はもうかなりの歳ですから、臨時廻りに回されたんじゃないかなあって思ったんです。それで新しい旦那があっしのところに挨拶にやってきたんじゃないかと考えたんですけど、ちがうみたいですね」

「ちがうよ」

「なにかあったんですかい」

目を光らせて千代吉がきいてきた。

「大田さんが殺された」

一瞬、なにをいわれたのかわからなかったようで、千代吉がきょとんとした。

「ええっ」

少し間を置いてからのけぞりそうになった。

「ほ、本当ですかい」

富士太郎は千代吉の様子を凝視していた。源五郎の死を聞いてから、今までのところ、芝居臭い感じはなかった。

「こんなことで嘘をいうわけないよ」

「さいですよね」

千代吉が悲しそうな色を浮かべた。

「大田の旦那は、いったい誰に殺されたんですかい。ああ、まだ下手人はわかっていないんですね。それで、あっしにも探索に加わるようにと、樺山の旦那はいつけにいらしたんですね」

「ちがうよ」

「えっ、だったらなんでいらしたんですかい」

「千代吉、おまえは、大田さんに手ひどく殴られたことがあるそうだね。そのことを怨みに思って、殺してやる、といったそうじゃないか」

「えっ、ええ。あっしが疑われているんですかい」

「平たくいえばそうだよ」

「そんな馬鹿な」

目を怒らせて千代吉が吐き捨てる。

「どうしてあっしが大田の旦那を殺さなきゃいけないんですかい」

「手ひどく殴られ、しかも岡っ引の手札を取り上げられたからじゃないのかい」

「とんでもない」

赤い顔をさらに赤くして千代吉が否定する。

「あっしが大田の旦那を殺るはずがねえ。しかもあっしがこっぴどく殴られてから、もうかれこれ二年はたったんじゃありやせんか」

「もう怨んでないっていうのかい」

「殴られた直後は、もちろん怨んでやしたよ。樺山の旦那は、あっしがなにをして殴られたか、ご存じでやすね」

「ああ、聞いたよ」

「そうですかい」

相槌を打った千代吉は恥ずかしげにうつむいた。二年前のことを反省している仕草に富士太郎には見えた。

「あのときは殴られて腹が立ちやしたけど、いま思い返せば、あれは人としてやっちゃいけねえことでしたよ。大田の旦那を怨むこと自体、筋違いですからね」

ふう、と千代吉が一息入れた。

「樺山の旦那、重ねていいますけど、あっしは本当に大田の旦那に怨みなど持っちゃいやせんよ。人の女房を手込めにしようとして、殴られるのは当たり前だし、牢に入れられたって不思議じゃなかったんだ。だのに、大田の旦那はそうはしなかった。手札はさすがに取り上げられましたけど、それまでの労をねぎらうおつもりだったんでしょう、あっしにお金までくれましたよ」

「えっ、そうなのかい」

　意外な話に、富士太郎は目をみはらざるを得なかった。それでも、千代吉のその話をあっさりと信じるほど、今の富士太郎は甘くはない。

「千代吉、大田さんはいくらくれたんだい」

「ちょうど十両です」

「その十両はどうした」

「なにしろ小判ですからね、両替しないと使えねえ。今も大事に取ってありやすよ」

「この家にあるのかい」

「ええ、そうですよ。見せやしょうか」

「頼むよ」

　いったん戸口から姿を消した千代吉がすぐに戻ってきた。

「こいつです」

　千代吉が、おひねりよりも少し大ぶりの紙包みを差し出してきた。うなずいて富士太郎は受け取った。十両という中身のためか、かなりの重みがある。

　富士太郎は紙包みをそっと振ってみた。小判が触れ合うような音がした。

「まだちゃんと十両、入ってやすよ。中身を確かめたときに開けたきりですからね。裏に大田の旦那の名がありやすよ」

千代吉にいわれ、紙包みを富士太郎はそっと裏返してみた。

『謝　大田』とある。墨で小さく書かれたその字を富士太郎はじっと見た。

まちがいない、源五郎の筆跡である。何度も見たことのある字なのだ。見まちがえるはずがない。

「ありがとうね」

富士太郎は紙包みを返した。へい、といって千代吉が大事そうに受け取る。

千代吉、と富士太郎は呼んだ。

「念のためにきくけど、昨夜、おまえさんはどこにいたんだい」

その問いに、千代吉が悔しげに奥歯を嚙み締めた。

「つまり、大田の旦那は昨晩、殺されたんでやすね」

「そうだよ。多分、木津根を出た直後だ」

さりげなく答えたつもりだったが、富士太郎の脳裏には源五郎の死にざまが浮かんできた。もう大田源五郎はこの世にいない。そのことが実感されて、富士太郎は大声で叫び出したくなった。

「あの、樺山の旦那」

千代吉に呼ばれ、富士太郎は我に返った。

「どうされたんですかい。ずいぶんおっかない顔をされましたけど」

「ああ、大田さんのことを思い出したら、下手人が憎くてたまらなくなっちまったんだ」

「ああ、そうですかい。お気持ちはよくわかりやすよ」

うん、と富士太郎は顎を上下させた。

「ところで大田の旦那は、どんなふうに殺されたんですかい」

すでに富士太郎の気持ちは、平静に戻っている。

「背後から斬り殺されたんだ」

「そうですか。下手人は侍ですかい」

「そうかもしれないけど、町人でも遣い手はいくらでもいるらしいからね」

「今はそうでやすね。――ああ、昨夜のことでしたね。あっしは馴染みの飲み屋に行っておりやしたよ。店は心次郎《こじろう》といいやす。昨夜は心次郎で宵を徹して飲んでいやしてね、この家に戻ったのは朝早くでした。飲み仲間が何人か一緒だったんで、あっしが店にずっといたことは、一緒だった飲み仲間が知ってやすよ」

すぐに富士太郎と珠吉は、千代吉が名を出した者たちに会い、次々に話をきいていった。飲み仲間の者も心次郎の店主も、千代吉の言葉に嘘はないことを証してみせたのだ。すでに千代吉のことを富士太郎は疑ってはいなかったが、裏づけだけは取ったのである。

昼飯もとらず、脇目も振らずに探索を進めていると、富士太郎たちのもとに、芝口三丁目の自身番の者が息を切らしてやってきた。自身番からやってきたのは若い者で、青口誠左衛門の伝言を携えてきた。

誠左衛門の伝言によると、怪しい浪人を見つけたゆえ、すぐに源助町《げんすけちょう》まで来てほしいとのことだった。源助町は、芝口の隣町である。

「樺山さま、だいぶ捜しましたよ」

若い者がほっとしたようにいった。

「すまなかったね。おいらたちの居場所がすぐにわかるような仕組みができたら、おまえたちも助かるのにね」

「そんな仕組みができてくれたら、本当にいいですね。では樺山さま、案内いたします」

「よろしく頼むよ」

富士太郎と珠吉は、芝口三丁目の自身番の若者の先導を受けて駆け出した。

蒸し暑い風を突き抜けるように走りはじめて、富士太郎はすぐに驚くことになった。もう江戸の町には、暮色が濃く漂いはじめていたのだ。

「こんな刻限だったんだね」

走りつつ目を大きく見開いて、富士太郎は背後の珠吉にいった。

「ええ、昼の長い時季なのに、今日はあっという間に過ぎやしたね。無我夢中だったんでしょう」

息をまったく切らすことなく、珠吉が答える。朝からずっと動き詰めだが、疲れているようには見えない。この分なら、もし怪しい浪人の捕物になったときでも、楽々ともう一働きしてのけるだろう。


すでに富士太郎と珠吉は源助町に入っており、あまり人けの感じられない裏通りを進んでいた。

やがて、若者が辻で足を止めた。富士太郎と珠吉は若者の横で立ち止まった。

「あそこです」

裏通りからさらに一本入った狭い路地が西に延びている。若者は路地の奥を指さしている。

「あの長屋かい」

裏通りから五間ばかり離れたところに、長屋が建っていた。二つの長屋が路地を挟んで向き合っている。

富士太郎は、長屋の手前に立つ木戸を見た。

「あそこは伊和吉長屋というんだね。あの長屋に怪しい浪人がいるのかい」

「そのようです」

「青口さんはどこにいらっしゃるんだい」

「すみません、手前は知りません」

「ああ、そうだろうね。よし、ここまででいいよ。ありがとうね」

「あの、なにか手前にお手伝いできることはありませんか」

目の前の若者は、富士太郎たちの役に立ちたいと考えているようだ。実際のところ、自身番の者も捕物に駆り出されることがまれにあるのだ。

しかし、町奉行所の者ならともかく、自身番の若者を危険にさらすつもりはない。

「いや、なにもないよ。帰ってくれていいよ」

「はあ、そうですか。わかりました。では、これで失礼いたします。またなにかありましたら、呼んでください」

「わかったよ。ありがとうね。――ああ、そうだ。おまえさん、名はなんていうんだい」

富士太郎にきかれて若者の顔が、ぱっと輝いた。

「手前は貴三次《きさんじ》といいます」

「とてもいい名だね」

富士太郎は本心からほめた。

「でも、うちのとっつぁんは、適当につけたみたいです。貴三次は『気散じ』に通ずるからって」

ああ、気散じか、と富士太郎は気がついた。

「おまえさんのとっつぁんは、なかなかうまいことをいうね。気を散ずるのは体にとっても大切なことらしいから、おまえさんの身を気遣って、名づけたにちがいないよ」

「ああ、そうなんですかね。それは、いいことをうかがいました」

貴三次が満面の笑みになった。

「――旦那、そろそろ行きやしょう」

焦れていたらしい珠吉が急かす。

「ああ、珠吉、すまなかったね。——じゃあ貴三次、これでね」

「はい、お気をつけて」

貴三次の見送りを受けて、富士太郎たちは人《ひと》けがなく、なにやら生臭い路地を進み、長屋の木戸の下まで来た。

どこからか赤子の泣き声が聞こえている。いかにもしょっぱそうな味噌汁のにおいが鼻先をかすめていく。

「——富士太郎、珠吉」

横からひそやかに呼ぶ声がした。見ると、木戸の横の茂みに誠左衛門が身を隠していた。中間の東助《とうすけ》も一緒である。

「ああ、青口さん。使いをいただきました。怪しい浪人を見つけたとのことですが」

「富士太郎、とりあえずこっちに来てくれ」

はい、といって富士太郎と珠吉は茂みに入り込んだ。

「右側の長屋の三つ目だ」

誠左衛門が指をさす店に、富士太郎は目をやった。障子戸はしっかりと閉じられており、そこに人がいるのか、ここからでは定かではない。

「あの店に住む浪人の名は南岳真弥斎という」

誠左衛門が説明する。

「今いるのですか」

「いるようだ。東助が近づいて中の気配をうかがったが、がなるようないびきが聞こえてきたそうだ」

この刻限に眠っているのか、と富士太郎は思った。

「青口さまは、なにゆえ南岳真弥斎という浪人が怪しいとにらまれたのですか」

小声で富士太郎は誠左衛門にきいた。

「南岳は以前、大田どのとなんらかの諍いがあり、ぶっ殺してやる、とすごんだらしいのだ。しかも、南岳は剣の遣い手という評判だ。おとなしく縛《ばく》につけばよいが、暴れたら厄介だ」

それならば、できるだけ大勢の者で捕らえにかかったほうがよいのではないか。

「久保崎さんは」

富士太郎は誠左衛門にきいた。丹吾の姿は近くには見えない。

「丹吾にも使いを走らせたが、まだ来ぬ。見つからぬのかもしれぬ」

顎を引き、富士太郎は長屋に顔を向けた。

「南岳真弥斎はいま眠っているのですね」

「どうやら無類の酒好きで、昼間っから飲んだくれていたようだ」

「踏み込みますか」

うむ、と誠左衛門がうなずく。

「長屋の者に聞いたが、南岳は腕に自信があるようで、障子戸に心張り棒をかますことはないそうだ。寝込みを襲えば、相手がいくら遣い手といえども、さして難儀することなく捕らえられるかもしれぬ」

目を転じ、誠左衛門が富士太郎を見る。

「その上、富士太郎は修羅場をくぐり抜けておるゆえ、頼りになるしな」

「いえ、とんでもない。それがしは、修羅場らしい修羅場は踏んでおりません。場数はそこそこ踏んでおりますが、剣の腕ならば、南町奉行所一の青口さんこそ頼りです」

うむ、と誠左衛門がうなずく。

「捕らえるまではせずとも、少なくとも南岳に話を聞かねばならぬ。よし、行くか。富士太郎、珠吉、いざというときはよろしく頼む」

「承知いたしました」

富士太郎たちは音もなく茂みを出た。右側の長屋の三軒目を目指す。

店に近づくにつれ、豪快ないびきが聞こえてきた。まるで見上げるほどの大熊がいびきをかいているのではないかと思えるほどのすごさだ。大袈裟でなく、障子戸がびりびり震えているように見える。両隣は、さぞかし迷惑しているのではあるまいか。

「よし、眠っているようだな」

歩を進めつつ、誠左衛門が安堵したようにいった。

富士太郎たちは南岳の店の前に立った。相変わらずいびきは続いている。中には明かりは灯されておらず、真っ暗である。

「よし、行くぞ」

懐から十手《じって》を引き抜いた誠左衛門が障子戸に左手をかけ、思い切り横に引いた。障子戸が音を立てて滑っていく。同時に、いびきがやんだ。

「南岳真弥斎、南町奉行所の者である。おぬしに聞きたいことがある」

叫ぶようにいって、誠左衛門が土間に入り込んだ。

「なんだ、何者だ」

がらがらとした声が誰何《すいか》する。薄縁の上で一つの影が意外と素早い動きで起き上がったのを、富士太郎は見た。

「南町奉行所の者だ」

さらに声を張り上げて誠左衛門が答える。右手の十手を高くかざして見せつけるようにしたが、この暗さの中、南岳らしい男の目に果たして映ったかどうか。

「嘘をつけっ」

南岳らしい影が怒鳴って、さっと右手を伸ばした。薄縁の上に置いてあるはずの刀を探しているのだ。

だが、刀に手は触れなかったらしく、むっ、と戸惑ったような声が富士太郎の耳に届いた。

土足のまま誠左衛門が薄縁に上がった。

「南岳真弥斎、話を聞きたい」

「うるさい。この偽役人めっ」

立ち上がった南岳が誠左衛門にむしゃぶりつき、即座に投げを打った。誠左衛門はこらえたものの、体勢を崩された。

それを逃さず、南岳がさっと拳を振りかざし、それを振り下ろした。がつっ、と音がし、うっ、とうめいて誠左衛門が薄縁の上に倒れ込んだ。どうやら、急所であるこめかみを殴られたようだ。

「旦那っ」

あわてて東助が助けに入ったが、こちらも南岳にあっさりと投げ飛ばされた。台所の竈《かまど》の角で頭を打ったようで、その場で蛙のように伸びてしまった。

「南岳真弥斎っ。おとなしくしな。話を聞きたいっていっているだろう」

十手を手にするや、富士太郎は店の中に飛び込んだ。まだいたか、といいたげに南岳が突っ込んできた。富士太郎を捕まえて投げを打つつもりなのだ。

——こいつは剣術よりも柔術のほうが得手《えて》なのかな。

南岳の突進を受け止めると見せて富士太郎はぎりぎりでかわし、がら空きの背中に十手を打ち込んだ。びしっ、と鋭い音が富士太郎の耳を打った。うおっ、と悲鳴ともつかない声を発して南岳が店から飛び出し路地に横倒しになった。よろよろとしながらも立ち上がろうとする南岳に、珠吉が当身を食らわせた。南岳は、どすんと尻餅をつき、路地に横になった。呻吟《しんぎん》している。

——こいつはちがうね。

その南岳の様子を見て富士太郎は確信した。

——この男の腕では、とてもじゃないけど、大田さんを殺れるはずがないよ。

「珠吉、そいつを縛っておきな」

「承知しやした」

元気よく答えて珠吉が捕縄を手にした。あっという間に南岳に縛めをかける。

それを見届けて富士太郎は店に上がり込んだ。誠左衛門を介抱する。

「大丈夫ですか」

富士太郎が声をかけると、もう誠左衛門は目を開けていた。

「あ、ああ。大丈夫だ。生きておる」

胡坐《あぐら》をかくと首を振ってしゃんとしようとしたようだが、頭に痛みが走ったようで、誠左衛門が顔をしかめた。

「南岳はどうした」

「捕らえました」

「そうか、さすが富士太郎だ」

富士太郎を見る目に賞賛の色が浮かんだ。

「しかし、富士太郎にはみっともないところを見せてしまったな」

誠左衛門が、がくりとうなだれた。

「富士太郎も、これで番所一の遣い手なのか、と思ったことであろう」

「いえ、とんでもない。青口さんがはなから長脇差を抜いていれば、事はまたちがうものになっていたはずです。人には得手不得手があります」

「富士太郎は優しいな」

「いえ、本心です。それがしは南岳の得意なのが柔術だとわかったからこそ、うまく対処できたのです。それは青口さんのおかげです」

「そういってもらえると、少しは気持ちが軽くなる」

「東助を見てきます」

すっくと立ち上がり、富士太郎は台所で倒れている東助を抱き起こした。まさか死んでいるんじゃないだろうね、と思ったが、頬を叩くと、東助は目をぱちりと開いた。

「大丈夫かい」

東助の顔をのぞき込んで富士太郎はきいた。

「ええ、なんとか」

富士太郎を見る目がぼんやりしている。

「ああ、すみません」

はっとした東助が狼狽する。富士太郎の手を逃れるように台所に立った。

「樺山さまのお手を煩《わずら》わせてしまい、まことに申し訳ありません」

「いや、謝ることはないよ」

「うちの旦那は」

東助の目が誠左衛門を捜す。暗い中、すぐに誠左衛門の姿を見つけたようで、
ほっと息をついた。

「南岳はどうしました」

東助が富士太郎に問う。

「捕まえたよ。安心していいよ」

富士太郎は東助とともに薄縁の上に戻った。

誠左衛門の目が、薄縁の上に置かれた刀を射るように見ている。

「それは南岳真弥斎の佩刀《はいとう》ですね」

先ほど南岳が手を伸ばしたところとは、別の場所にあった。

「富士太郎、中を改めてくれ」

わかりました、といって富士太郎は刀を手に取った。柄を握り、抜きにかかっ

た。おや、と富士太郎の口から声が出た。どういうわけか、刀がなかなか抜けないのだ。

「貸してみろ」

立ち上がった青口が刀を手にし、腰を落とした。少し苦労したが、刀を抜いてみせた。

「あっ」

刀身を見て、声を出したのは東助である。富士太郎も、目をみはっていた。珠吉も同様である。

刀身にべったりと血糊がついていたのだ。

——抜けないはずだよ。人を斬ったあと、手入れをせずに納刀すると、抜けなくなるって聞いたことがあるけど、本当のことみたいだね。刀についている血は大田さんのものなんだね。悲しいね。大田さん、本当に死んじゃったんだね。

また涙が出そうになった。首を振った富士太郎は、縄を打たれて路地に座り込んでうなだれている南岳に目を当てた。佩刀に血糊がついていたことを富士太郎たちに知られたことにも、まだ気づいていないようだ。

——あの南岳真弥斎という浪人が下手人で、まちがいないのかもしれないね。

だが、どこかあまりに呆気《あつけ》なさすぎないか、という気がしないでもない。それに、南岳には大田源五郎の体を両断できるほどの腕はないのではないか。佩刀にしても、さほどの業物ではないようだ。いやむしろ、なまくらの類《たぐい》ではないだろうか。南岳が手を伸ばして探した場所に、刀がなかったのも気になる。誰かが、あの薄縁の上に適当に置いたのではないかという気がしてくる。

——おいらたちは、何者かが用意した道を進んでいるんじゃないかい。いや、そんなことがあるはずがないよ。いったい誰がそんなことができるというんだい。

「よし、富士太郎、番所に戻ろう。おい、立て」

青口が南岳に命じた。

「では、まいりましょう」

富士太郎は深くうなずいた。

長屋の者たちが総出で富士太郎たちを見ている。

「南岳真弥斎は捕らえたゆえ、安心して眠ってくれ」

「南岳さんはなにをしたんですかい」

伊和吉長屋の住人らしい男がきいてきた。

「この男は大田源五郎という定廻り同心を殺したのだ」

ええっ、なんだって、というどよめきが長屋の者たちに走った。

「大田源五郎だと」

縄に引かれて歩きはじめた南岳が大声を上げた。しわ深く、どこかしょぼくれた犬のような顔をしている割に、声だけは元気がいい。

「大田源五郎が殺されたというのか」

「きさまが殺ったのだろうが」

怒りを込めて誠左衛門がいった。

「わしは殺っておらぬ」

「だったら、刀にべったりとついた血糊はいったいなんだ」

「血糊だと」

「東助、見せてやれ」

東助が南岳の刀を抜いて刀身を見せつけるようにした。外に出て付近の明かりが入り込んでいるために、少し明るくなっている。血糊がついた刀身が、油を塗りつけたかのようにぎらついている。虫酸《むしず》が走るような気味悪さがあった。

「これに覚えがあるだろう」

誠左衛門が憎々しげにきいたが、南岳はかぶりを振った。

「ない。あるわけがない。わしは大田源五郎を殺ってなどおらぬ。もし殺ったやつを捕らえたら、わしに会わせろ。よくぞやったとほめてやるゆえ」

「きさまっ」

誠左衛門が叫んだ次の瞬間、がつっ、と南岳の顎が激しく鳴った。ぐえっ、と南岳が声を上げ、ふらついた。地面に倒れそうになったが、珠吉が素早く縄を引っ張り、事なきを得た。

「おのれ」

憤怒の形相となり、南岳が誠左衛門をにらみつけた。

「必ず殺してやる」

「やれるものならやってみろ」

誠左衛門がいい放つ。

「その前にきさまは獄門だ」

その後、富士太郎たちは南町奉行所に戻り、南岳真弥斎を仮牢に入れた。明日からすぐに吟味方による取り調べがはじまる。

富士太郎たちは着替えのために八丁堀の屋敷へ帰らなければならなかった。

これから坂巻十蔵の通夜なのだ。

二

おきくに向かって右手を上げた。

「では、行ってまいる」

笑顔で直之進はいった。

「お気をつけて」

ぐっすりと眠っている直太郎をおんぶしているおきくの顔には、ややかたさがある。暮色《ぼしょく》が立ち込めつつある刻限に出かける直之進の身を、案じているのだ。

うむ、と直之進は真剣な顔でうなずいた。

「身辺には十分に気をつけるつもりだ」

「あなたさま、必ずお帰りくださいね」

「帰ってくるさ」

直之進はにこりとした。

「俺が、おぬしたちを残して死ぬはずがない。おきく、心配せずともよい」

直太郎の顔をのぞき込んでから、くるりと体を返し、直之進は秀士館の敷地内に建つ家をあとにした。腰に帯びているのは、今日も三人田である。

稽古は、すべて終わっている。門人たちは、とうに家路についた。

夕刻になってもやわらぐことのない蒸し暑さの中、直之進は谷中片町を目指した。日暮里からならば、四半刻もかからずに着くはずである。

谷中片町には、戸鳴鳴雄が住んでいる。しかし、直之進の目当ては鳴雄ではない。鳴雄の家の裏に建つ宏壮な屋敷が、気になってしようがないのだ。

あの屋敷に忍び込む。そして、鎌幸が監禁されていないか確かめる。その上でまだ余裕があれば、誰が屋敷の持ち主なのか、手がかりを探ってみる気でいる。

そう直之進は心に決めているのだ。

とにかく、鎌幸が第一の目当てである。鎌幸を救い出すのが最大の目的なのだ。

屋敷はひっそりと闇の中に沈んでいる。音もなく夜の波に洗われていた。

刻限はまだ六つ半にもなっていないが、静かなものだ。人の声はまったくしない。近くには何軒かの飲み屋があるはずだが、喧噪はここまで届かない。高く長い塀が直之進の左右に続いている。

屋敷の宏壮さは、あきれるほどだ。金に飽かせてつくったのがよくわかる代物である。

――いったい誰が持ち主なのか。

それは忍び込んで調べれば、判明するのではあるまいか。

――それに、この屋敷には鎌幸が監禁されているにちがいない。

だが、直之進がそう考えることを察し、三日前に三河島村で襲ってきた連中が待ち受けていることも十分に考えられる。

――多勢で俺を取り囲んだ上で、三人田を奪おうとするのではあるまいか。

だが、そのことは、はなから織り込みずみである。その危険を覚悟で、直之進はこの屋敷前までやってきたのだ。今度こそ捕らえ、鎌幸の居どころを吐かせなければならない。

屋敷の裏手に立ち、中の気配を探る。

――おや。

眉根を寄せて直之進は首をひねった。

人けはまったくないように思える。一昨日、戸鳴鳴雄の家を訪ねる前に感じた、いやな雰囲気もない。きれいに消えているのだ。直之進の忍び込みを待ち受けているような、剣呑《けんのん》さもまったく感じられない。

――はて、鎌幸はおらぬか。だが、確かめずに去るわけにはいかぬ。

人影が絶えている道の左右を改めて見渡してから、直之進は三人田の下げ緒を帯にねじ込んだ。

そうした上で塀に近づく。腰から鞘ごと抜いた三人田を塀に立てかけ、鍔の上に左足をのせた。三人田を足がかりにして、両手を思い切り伸ばす。

塀に忍び返しはついていない。そのおかげで直之進は楽々と塀の屋根の庇をつかみ、体を一気に持ち上げることができた。体が上がるとともに三人田も上がってきた。

よっこらしょ、と心中でいって直之進は塀の上に腹這いになった。下げ緒を使って三人田を引き上げる。無事に手のうちにおさまり、直之進は塀の上で静かに息をついた。

――忍者ならば、この塀くらい、ひらりと跳び乗ってしまうのだろうな。

塀の屋根の上に横になったまま、直之進は屋敷内を見渡した。

すでに江戸の町に夜のとばりは降りて、屋敷内はひどく暗いが、うっすらと見えている。

こういうとき夜目が利くのは、ありがたい。これも厳しい鍛錬の賜《たまもの》である。

塀の上から見ても、この前と変わらず、屋敷内に人けは感じられない。

そういえば、と直之進は思い出した。戸鳴どのがいっていたな。

この屋敷に忍び込んだ盗人がそれきり出てこなかったとの噂が流れたり、女のすすり泣きが聞こえてきたり、男の叫び声がこだましたりしたらしいが、そんな怪しげな気配は今のところ微塵もない。

——行くか。

自らに気合を入れて、直之進は三人田を手に塀から跳び下りた。素早く松の木陰に身を寄せ、再び屋敷内をうかがう。腰に三人田を帯びる。

やはり人がいる様子は感じられない。

——ということは、鎌幸もおらぬか。

いれば、必ず直之進はその気配を察するはずなのだ。だが、心の網に引っかかってくるものはなにもない。

——昨晩、忍んでおくべきだったか。

直之進は唇を嚙んだ。一昨日の夕暮れ時に忍び込もうとしたとき、この屋敷の者か、よその武家屋敷の者かわからぬが、侍二人に追われたことが、直之進の頭に残っていたのだ。ほとぼりを冷ますために、一日、間を置いたのだが、その判断があだとなったか。

——そうかもしれぬ。

だが、今さら後悔したところで遅い。

松の木陰を出た直之進は、夜空を背景に三角の屋根をぼんやりと見せている母屋を目指した。広々とした庭の右側にあまり高さのない築山《つきやま》が見え、その頂上近くにちんまりとした東屋《あずまや》が建っていた。

それを横目に入れつつ、三人田の鍔に親指をかけた直之進は息を殺して進んでいった。

母屋まで二間ばかりまで近づいたとき、すぐそばに枝折戸が設けられているのに気づいた。それを静かに開けて直之進は中庭に入った。柔らかな草を踏んで、慎重に歩いていく。

母屋を回り込むと、目の前に幅の広い濡縁があらわれた。濡縁の先には、雨戸が閉《た》てられている。

雨戸の向こう側は、座敷になっているのではあるまいか。座敷は辰巳《たつみ》の方角を向いている。晴れていれば、きっと日当たりがよいのだろう。

音もなく濡縁に上がり、直之進は脇差を抜いた。雨戸の下に刃先をこじ入れる。脇差に少し力を込めると、雨戸がかしいだ。脇差を鞘にしまった直之進は雨戸を外し、戸袋に立てかけた。

目の前にあらわれた腰高障子を、直之進はためらうことなく開けた。座敷にこもった大気が流れ出てきたが、かび臭さはまったくない。悪天続きなのに、じめっとした湿り気もほとんどない。

この屋敷は、頻繁に風通しがなされていたのではないか。むしろ、つい最近まで人がいたのではないかと思わせる気配が色濃く感じられる。

——つまりこの屋敷の持ち主は、俺が忍び込んでくることを感づき、ここをもぬけの殻としたのではないか。

そうにちがいない。

昨夜、来ていれば、結果は異なるものになっただろうか。

いや、すでに昨晩、ここにいた者どもはこの屋敷を退去していたのではないか。やはり一昨日に塀を乗り越えようとしたのを見られたのが、しくじりだったのだ。

それでも、せっかくここまで来て、なにもせずに帰るつもりはない。直之進は屋敷内を回りはじめた。

時をかけて広い母屋をくまなく探ったが、なにも手がかりらしい物は残されていなかった。この屋敷を退去する際、掃除をしていったのは疑いようがない。

——ふむ、徹底しておるな。

あきらめることなく、直之進は屋敷内を探り続けた。

最も奥まったところに来て、おや、と足を止めた。襖が閉まっていたのだ。まだこの先に部屋があるということだ。

——なんの部屋だろうか。

襖をからりと開けると、案の定、座敷が広がっており、牢格子で仕切りがつけられていた。

——やはりそうだったか。

直之進には、座敷牢ではないか、という予感がなんとなくあった。

足を進ませ、直之進は牢格子の前に来た。錠のついた扉が開け放たれている。

直之進は座敷牢の中をのぞき込んだ。暗黒が横たわっているだけで、人は一人もいない。

ただし、糞尿のようなにおいが濃く漂っている。

——ここに、鎌幸は監禁されていたのではないか。

まちがいあるまい、と直之進は確信した。

いくらなんでも畳の上にじかに大小便をさせたとは思えないから、鎌幸はおまるのような便器を与えられていたのだろうが、いくら掃除したところで、糞尿のにおいまでは取り切れなかったのだろう。

くそう、と直之進はほぞを噛んだ。一昨日、あの侍二人に追われていなければこの屋敷に忍び込めていた。一昨日ならば、鎌幸はここにいたはずなのだ。そのときに助けることができたのではないか。

だが嘆いたところで、もはやどうにもならない。

——今は前を向くしかない。

昂然と顔を上げ、直之進は自らにいい聞かせた。

——おや、あれはなんだ。

直之進の目に、匂い袋のような物が飛び込んできた。

——あれは鎌幸の持ち物か。

座敷牢の壁際にある物を見つめ、直之進はしばし思案した。

――もしや俺を座敷牢に閉じ込めるための罠か。

無人の屋敷であるはずなのに、今は徐々に人の気配が満ちてきているようだ。

――罠かもしれぬが、あれが鎌幸の居場所につながる手がかりだったら、放っておくわけにはいかぬ。

罠だとしても、直之進は構わなかった。

――俺には三人田がついておる。恐れるものはなにもないのだ。

腰をかがめ、直之進は四つん這いになって中に入った。

強いにおいの中、立ち上がって壁際に行き、匂い袋のような物を拾い上げた。

ただの丸まった布が、そこにあったに過ぎなかった。

つと背後で物音が発せられた。はっとして見ると、人影があらわれ、牢格子の扉を荒々しく閉めたところだった。錠が素早く下ろされ、がちゃんと音が鳴った。

「湯瀬直之進、観念せい」

人影が勝ち誇ったようにいった。

「きさまは――」

牢格子に足早に近づき、直之進は人影を見つめた。男は覆面をしているが、その体つきに見覚えがあった。

「三日前、俺から三人田を奪おうとした連中の一人だな」

一番の遣い手だった首領格の男ではない。腕としては、襲ってきた連中の中で二番手くらいに位置する者である。

「なかなか覚えがよいな」

一瞬、覆面の下で男が悔しげに口を曲げたのを直之進は見逃さなかった。三人田を奪おうとして、さんざんに直之進にやられたことがよみがえってきたようだ。

男が顎を上げ、直之進を見据える。

「湯瀬、もはやどうにもならぬぞ。あきらめて覚悟を決めるがよい」

「なんの覚悟だ」

直之進は冷静にきいた。

「死の覚悟に決まっておろう」

「なにゆえそんな覚悟をしなければならぬ」

「うぬはここで死ぬからだ。水も食い物も与えるつもりはない。ここでのたれ死に同然にくたばるのだ」

「そのようなことにはならぬ」

「なるさ。いくらうぬが遣い手でも、この座敷牢を脱することはできまい」

「だが、俺には三人田がある」

すらりと抜くや、直之進は三人田を一閃《いっせん》させた。さらにもう一閃。

なんの手応えもなかったが、斬れているはずだとの確信を抱いて、直之進は牢格子を軽く蹴った。

四つに切断された牢格子が、腐った根太《ねだ》のようにあっけなく崩れた。畳の上に、残骸と化した格子が音を立てて転がる。

男が覆面の奥の目を見開いた。牢格子には大きな穴ができている。わずかにかがみ込んだ直之進は、畳に散らばった格子の切れ端を踏まないように座敷牢を出た。

――さすがに三人田よ。

その斬れ味の凄さに感心しきりだったが、直之進はその思いを面《おもて》に出さなかった。男が発する殺気が肌を刺すように伝わってきたからだ。

おのれっ、と男が刀を引き抜き、斬りかかってきた。右に動いて直之進はその斬撃をかわし、同時に男の籠手《こて》を狙って打って出た。

男の左手に三人田の切っ先が入った。うっ、とうめいて男が刀を取り落としそうになった。右手であわてて刀を握り直したが、左の手の甲から血が噴き出してきた。それがぼたぼたという音とともに畳に落ちて大きなしみをつくっていく。

直之進を見る男の目に、恐れの色があらわれている。おびえたように後ずさり、座敷をふらりと出ていった。

直之進はすぐさま追いかけようとしたが、大勢の者がひしめくように座敷の外で待ち構えているのを覚り、足を止めた。

――この座敷の外は廊下になっていたな。廊下での戦いならば、一人ずつ倒していけばよかろう。

庭に出るなどして、広々としたところで存分に動いて正々堂々と戦うのも悪くないが、前後左右を囲まれるのは、やはり不利であることは否めない。

――俺には三人田がある以上、負けるはずがないが、やはり戦いやすいことに越したことはない。

――今度こそ捕らえてやる。鎌幸の居どころを吐かせるのだ。

闘志を胸に秘め、直之進は座敷を出た。

やあ、と声を上げて一人が斬りかかってきた。こちらも覆面をしている。股立ちを取り、襷がけをしていた。

咄嗟《とっさ》に体勢を低くした直之進は、三人田を下から振り上げていった。男の斬撃が直之進に届く前に、三人田が男の太ももを斬っていた。ぎゃあ、と悲鳴を発し、男がもんどり打って倒れた。太ももから流れ出た血が血だまりとなり、それがさらに廊下に広がっていく。鉄気臭さがあっという間にあたりに充満し、息がしにくくなった。

はなから直之進に男を殺す気はなく、戦う力を取り去ってしまえばよかったのだが、三人田の刃の当たりどころが悪かったり、血が出すぎたりすれば、死ぬ恐れは十分にある。

――仕方あるまい。三人田を欲して襲ってくるほうが悪いのだ。こちらも命が懸かっておる。手加減などしている場合ではないのだ。

廊下でもだえ苦しんでいる男を、直之進は構わず乗り越えた。

どうりゃあ、と叫んで新たな男が斬り込んできた。この男も覆面をしている。足を止めるや、直之進は三人田を振るった。三人田の切っ先が男の左肩をわずかに斬った。それだけで男が雷撃でも受けたかのように痙攣《けいれん》し、次の瞬間、横転した。左肩から血が激しく流れはじめる。

鉄気臭さがさらに増す中、直之進は廊下を突き進んだ。またも覆面の男が突進してきて、突きを見舞ってきた。

直之進は体を開くことでよけ、三人田を袈裟懸けに振り下ろした。三人田は男の左腕をすぱりと斬った。

だが、男は左腕を斬られたことに気づかなかったようだ。あわてて直之進のほうを振り向こうとして、左腕に力が入らないことを覚ったらしい。

男の左腕は切断こそされなかったものの、釣瓶《つるべ》をひっくり返したような勢いで血が噴出し、廊下を激しく濡らしはじめている。それを見た男が、ああ、と絶望したような声を上げ、ふらりとよろけて雨戸に体を突っ込ませた。がたん、と音がして雨戸が外れ、男は足をもつれさせるようにして外に転がり落ちていった。

その男と入れちがうように外から別の男が廊下に躍り上がり、刀を振り下ろしてきた。

廊下だけでなく外にも何人か敵がいることに、そのとき初めて直之進は気づいた。

男の斬撃をかわし、間髪容れずに突きを入れていく。

男は直之進の突きをぎりぎりでよけたものの、あっさりと体勢を崩した。

直之進はその隙を逃すことなく、三人田を横に払っていった。三人田は男の太ももを斬り裂いた。ううっ、と苦しげにうめいて男がよろけた。そのまま雨戸の隙間から、外に出ていく。

直之進は男を追って外に出た。鉄気臭さから解き放たれてほっとしたのも束の間、外にいた男たちが殺到してきた。

敵は今宵も規律正しい戦い方をみせたが、直之進にはすでに慣れがあった。もう面食らいはしない。冷静に男たちの動きを見定めて、三人田を振るっていった。

敵は直之進より腕が劣る分を連携した動きで補おうとしているだけに過ぎず、やはり激しく戦えば、必ず穴ができてくるものだ。その穴を逃すことなく、直之進は三人田を打ち込んでいった。そのたびに血しぶきが上がり、敵の悲鳴がそれに混じった。

何人の男を斬ったものか、あたりが静かになったときには、さすがに直之進の息は切れていた。

ここ最近、秀士館の道場稽古で鍛えているとはいえ、さすがに実戦はちがうのだ。

——とにかく終わったようだな。

顔を上げ、直之進は屋敷内を見回した。十人近い男が、地面に横たわったり、座り込んだりしている。いずれも軽くない傷を負っていた。

――よし、捕らえるか。鎌幸の居場所を吐かせてやる。これだけでも、この屋敷にやってきた甲斐があったというものだ。

だが、すぐに直之進の足は止まった。暗闇から歩み出るように、一人の男があらわれたからだ。

距離は五間ばかり。ほかの者と同様に覆面をしている。

――ほう、まだおったのか。おや、あやつは首領とおぼしき男ではないか。

立ち姿から直之進はそうと知った。

――そうか、あやつはこれまで戦いに加わっていなかった。なるほど、俺が疲れたところを見計らって、出てきたというわけか。真打ち登場というところだな。

さすがに直之進は疲労を覚えていたが、一番の遣い手が相手だろうと、まだ十分に戦えるのはわかっていた。

――よし、あやつを捕らえ、鎌幸の居どころを吐かせてやる。

闘志を新たにして、直之進は男に近づいていった。

男がすらりと刀を抜いた。

むっ、と直之進は立ち止まった。

——見まちがいではないか。

男の手にしている刀が三人田に見える。

——よく似た刀に過ぎまい。どこかの刀工が似せて打ったものだろう。偽の刀でも出来のよいものはあると鎌幸もいっていたではないか。

「ちがうぞ、湯瀬」

覆面のせいでくぐもった声で男がいい、かぶりを振った。

「これも三人田だ」

「なにっ」

直之進は、自分の目がぎらついたのがわかった。

「そんなことがあるものか。俺の手のうちにあるのが本物の三人田だ」

「果たしてそうかな」

ふふ、と男が笑みをこぼした。

——このあいだは俺の敵ではなかったのに、今夜はずいぶんと自信があるのだな。つまりこの前は刀の差で敗れたと思っているのか。

だとしたら、ずいぶんと腕に自信のある男なのだろう。

「行くぞっ」

野太い声を発して、男が突っ込んできた。距離が一瞬で一間ほどに縮まった。刀が振り払われる。

直之進はかわそうとしたが、耳の奥が痛くなり、動きが鈍くなった。

——なんだ、これは。

風音もさせずに刀が直之進に一気に近づいてきた。直之進はかがみ込んだ。頭をかすめて刀が通り過ぎていく。かすりもしなかったのに、体を持っていかれそうな衝撃があった。実際に直之進の体は後ろに倒れそうになっていた。

——これは、本当に三人田かもしれぬ。

体勢を立て直しつつ、直之進は己が三人田を構え直した。心の中は狼狽しているが、面にあらわすことはない。

——しかし、三人田が二本もある。そんなことがあるものなのか。三人田は同じ刀工に二本、打たれたのか。三人田は双子の刀だったのか。

だがなにかがちがう、と直之進は感じた。自分の手にしている三人田と男が所持している三人田は似て非なるものだ。

男の持つ三人田からは、邪悪な気が発せられているような気がしてならない。それが直之進の体を絡め取り、動きにくくしているのではないか。

――どうやらそのようだ。

男が踏み出し、邪悪な三人田を振るってきた。それを直之進は避けようとしたが、三人田がそばを行き過ぎた瞬間、強風をまともに受けたかのようにまたも体がふわりと浮きそうになった。

そこを男が狙ってきた。直之進は三人田を振り、峰で斬撃を止めた。がきんっ、と強い衝撃が手に伝わり、体がひどく震えた。まるで地震に遭ったかのように全身が揺れている。三人田を取り落としそうだ。

それを逃さず男が邪悪な三人田をまたも振るう。直之進は背後に飛び退《の》くことで、なんとかその斬撃をよけた。

男が勢いに乗って突っ込んでくる。上段から三人田を落としてきた。またも耳が痛くなった。耐えられないほどの痛みだ。目の前が暗くなったような気がした。

それでも直之進は気配だけを頼りに三人田を振るい、男の斬撃をはね上げた。またも全身に震えがやってきた。

――これはまずいぞ。

邪悪な三人田は、こちらの疲れにつけ込む力を持っているようだ。疲れた体には、邪悪な気が入り込みやすいのではあるまいか。その気を受けてさらに体が弱くなっていくような感じがある。

そのことを知っていたからこそ、男は配下たちを犠牲にし続けても平気だったのだ。配下には捨て石になってもらい、自分が湯瀬直之進を討ち取る。

目の前の男には、それだけの強い意志があったのだ。

――無念だが、ここは逃げたほうがよい。敵の策略に嵌まったのは俺のほうだ。この窮地を脱した上で、改めてこの男に戦いを挑むのが今は最善の策だろう。

悔しいが、そうするしかなかった。直太郎を父なし子にするわけにはいかない。

男と戦うのはあきらめ、直之進はくるりと体を返した。土を蹴り、だっと走り出す。

待てっ、と叫んで男が追ってきた。直之進が足をゆるめることはない。みるみるうちに高い塀が近づいてくる。走りながら三人田を鞘におさめた。それでわずかに走る速度が落ちた。

そのせいで背後の男との距離は二間もなくなっただろう。忍者のように塀をひらりと乗り越えられなければ命はない。

――やるしかない。

疲れた体に鞭打ち、直之進は眼前に迫った塀に向かって跳躍した。ひらりというわけにはいかず、かろうじて塀の屋根に両手がかかったに過ぎない。塀を蹴り、思い切り腕に力を込めた。なんとか体が塀の上にのった。

大波のような強烈な力を持った物が、猛烈に近寄ってきたのを感じた。同時に耳の奥が痛くなった。

男のほうを見ることなく、直之進は塀を飛び降りた。ぴっ、と背後でひび割れたような音が聞こえた。邪悪な三人田が塀の瓦を斬り割ったにちがいないが、そちらに目を向けている余裕は直之進にはなかった。

どっぷりと深い闇が江戸の町を覆っている。直之進はその闇に紛れてひたすら走り続けた。男も塀を乗り越えて追ってきているかは、わからない。それすらもわからないとは情けないことこの上なかったが、直之進は、今はとにかく逃げることが大事だ、と自分にいい聞かせて駆けに駆けた。

逃げ切ったようだ、なんとか生き延びたらしい、と思ったのは、秀士館の建物が闇の向こうにうっすらと見えてきたときだった。

翌朝、なにごともなかったかのような顔で稽古に向かった直之進は、佐之助が近づいてくるのに気づいた。

「おはよう」

直之進は快活な声を投げた。

「うむ、おはよう」

明るく挨拶を返してきたが、佐之助が直之進を見て軽く首をひねった。

「湯瀬、ずいぶんと疲れているようだな」

えっ、と直之進は戸惑った。

「自分では疲れなど感じておらぬが、顔色でも悪いか」

「うむ、目の下にくまがあるようだ」

「そうか」

直之進は目の下に触れてみた。くまはわからないが、確かに肌には少し張りがないように思えた。

「なにかあったのか」

それには答えず、直之進は逆に佐之助にきいた。

「おぬしは疲れておらぬのか」

「俺がか」

佐之助が少し意外そうな顔を見せた。

「そうだ。なにしろ毎日、音羽町から通ってきているのだ。疲れがたまっておるのではないか」

「通っているといっても、ただ音羽町から歩いてきているだけではないか。その程度で疲れるはずがなかろう」

「そうか、疲れておらぬか」

「音羽町から通うくらい、屁でもない」

「それならば、よいのだ。ところで、一軒家の住み心地はどうだ」

「よいな。特に、気を使わず暮らせるのは、ありがたいことだ」

「確かにそうだろう。その上、両隣からの声や物音も聞かずにすむのもよかろう」

「ああ、そうだな。快適といってよい」

それまで暮らしていた音羽町内で佐之助と千勢の夫婦が一軒家を購入したのは、血のつながっていない娘のお咲希のためだ。羽音堂《はおとどう》という手習所の友垣と離れるのをいやがったお咲希の気持ちを思いやったからである。

「湯瀬、俺のことはどうでもよい。なにかあったのだろう」

「さすがは倉田だ。見逃してはくれぬな」

「当然だ。なにがあった。早く吐け」

「わかった」

直之進は隠し立てすることなく、佐之助にこれまでの出来事をすべて語った。

「あの鎌幸が行方知れずか。その上、あの三人田がこの世にもう一振りあって、昨夜おぬしが命からがら逃げたというのか。ちと信じがたいことではあるが、湯瀬が嘘をいうはずもないな」

「俺が殺されかけたのも本当だし、昨夜の男が振るっていたのは紛れもなく本物の三人田だった。ただし……」

少し考えて直之進は言葉を切った。

「俺の腰にある三人田とは異なり、やつの三人田は邪悪な気を放っていた」

「邪悪な気だと」

「うむ、あの三人田の斬撃を受けたとき、耳の奥が痛くなったし、目の前が真っ暗にもなった」

「なんと、そいつは容易ならぬな。しかし湯瀬、よく無事だったな」

「直太郎やおきくのおかげだ」

うむ、と佐之助が顎を引いた。

「妻子というのは、確かに男に力を与えてくれるな。決して死ぬわけにはいかぬと死に物狂いになれる。そうなれば、助かる度合もかなり出てくる」

実感を込めて佐之助がいった。この男も千勢やお咲希に助けられたことがあるのだろう、と直之進は覚った。

佐之助が難しい顔で直之進を見つめる。

「湯瀬、とにかくまずは、その屋敷の主を知ることからはじめるべきではないのか」

「うむ、倉田のいう通りだ」

佐之助を見つめて直之進はうなずいた。そのことはすでに頭の中にあった。

あの屋敷の持ち主を知ること。それこそが、鎌幸の居どころに近づくための最善の手立てであるのは、まちがいないのだ。

三

今日も一番乗りではなかった。

富士太郎よりも早く詰所に来ていたのは、岡高義兵衛ではない。同じ奉行所内で働く者だから顔は見知っていたが、富士太郎は一度も話をしたことがない男だった。

大田源五郎の文机の前に座している。

「おはようございます」

戸惑いながらも富士太郎は挨拶した。

「ああ、おはようござる」

立ち上がり、男が丁寧に頭を下げた。

「それがしは諫早研之助《いさはやけんのすけ》と申す。どうか、よろしくお引き回しくだされ」

「あの、では諫早さまが大田さんの後任ということですか」

「さよう。昨日、御奉行に呼ばれ、急な任命を受けもうした。よろしくお願いいたす」

「えっ、昨日……」

富士太郎は驚いた。信じられない。なにしろ、源五郎が殺されたのは一昨日の夜なのだ。それが今朝にはもう後釜が詰所にやってきている。考えられない早さとしかいいようがない。岡高義兵衛のときのように、朝山越前守から後任になると先んじて知らされることもなかった。

「こちらこそよろしくお願いいたします」

驚きの思いをなんとかのみ込んで富士太郎は深く腰を折った。諫早研之助という名に、なんとなく聞き覚えがある。

――確か酒癖が悪く、宴席で上役の与力を殴って定廻りをやめさせられたお方だよね。それからはずっと冷や飯を食わされていたはずだよ。どこか岡高さんに境遇が似ているね。

「久しぶりに定廻りに返り咲くことができ、それがし、感無量でござるよ」

研之助の歳は五十近いだろう。鬢《びん》に白髪が混じっているし、目尻や額のしわもずいぶんと深い。

「それがしは御奉行と親しい仲ではござらぬ。それが急にこんなことになり、面食らっておるところでござる」

「さようですか」

朝山越前守はなにゆえ研之助を引き上げたのか。研之助には経験があるゆえ選んのだ、という答えが返ってくるのは明白だ。

これまでに坂巻十蔵と大田源五郎の二人の定廻り同心が殺され、今年の一月末には柳田《やなぎだ》公之介《きみのすけ》という定廻り同心が病死している。

公之介の後釜には、下内栗ノ助《しもうちくりのすけ》という三十五歳の者がおさまった。栗ノ助は若い頃は定廻り同心の見習をしていたが、二年ばかり前から高積見廻《たかづみみまわ》りという職務に回っていた。

高積見廻りは、出火しやすい荷物や材木などが決められた高さよりも高く積み上げられていないか監視し、それを是正する役目である。

与力が一人に同心二人という態勢で、常に江戸市中の見廻りをしている。江戸の地理に精通しており、定廻り同心となるのに最低限の資質は備えているといってよい。

実際のところ栗ノ助は人柄もよく、頭もなかなか切れるから、富士太郎はいい人がなってくれたものだよ、と心の底から喜んでいる。

とにかく今年に入り、これで南町奉行所の定廻り同心六人のうち三人が新顔になったことになる。

——信じられないよ。

用具入れから箒を取り出し、富士太郎は掃除をはじめた。義兵衛とは異なり、研之助には掃除などするつもりはないようだ。富士太郎を手伝おうという気もないらしく、掃除なんて小者の仕事だろう、よくやるなあ、といいたげな顔で見ている。

こんな気持ちのよいことを人任せにするつもりはない富士太郎は、別に不満に思うこともない。四半刻もかからずに掃除を終え、茶をいれるために火鉢で湯を沸かしはじめた。これも研之助は感心したように見ている。

湯が沸き、富士太郎が急須から湯飲みに茶を注ぎ終えた頃、次々に同僚たちがやってきた。岡高義兵衛に下内栗ノ助、青口誠左衛門が立て続けに姿を見せた。

朝の挨拶をかわしては、富士太郎は湯飲みを渡していった。研之助も如才《じよさい》なく誠左衛門たちと談笑しはじめた。

おや、と富士太郎は一つ余った湯飲みを見つめた。今朝は久保崎丹吾がまだである。

——おいおい、頼むよ。まさか今度は久保崎さんになにかあったんじゃないだろうね。

気になってしようがない。

がたん、と荒々しい音がして詰所の戸が開いた。よかった、と富士太郎はそちらを見た。

丹吾が立っているはずだったが、そこにいるのは守太郎だった。悲しみをたたえた顔をしている。

——いやだよ、守太郎。そんな顔をしないでおくれよ。なにかあったとばれればれじゃないか。まさか久保崎さんになにかあったんじゃないだろうね。

「どうした、守太郎」

声をかけたのは誠左衛門である。

「それが……」

口を開いたものの守太郎が言葉を濁してうつむいた。

「どうした、はっきりいえ」

はい、と守太郎が顔を上げる。

「久保崎さまが亡くなりました」

「なんだと。なにかのまちがいだろう」

「いえ、お屋敷からつなぎがあったそうでございます」

「久保崎がなぜ……。まさか殺されたのではあるまいな」

「それが……、屋敷の庭の木で首を吊られたと……」

「そんな……」

呆然と誠左衛門がつぶやく。

「詳しいことはまだのようですが、お亡くなりになったのは昨夜のことと……」

「昨夜……」

誠左衛門が富士太郎を見る。富士太郎も見返した。信じられない、という気持ちで一杯だ。昨夜といえば、浪人の南岳真弥斎を捕らえたあと、富士太郎は丹吾と誠左衛門とともに坂巻十蔵の通夜に出かけたのだ。

その通夜の帰り道、丹吾と誠左衛門と真剣に話し合ったのである。

今は、俺たち三人が定廻りで古参という形になっている。自分たちも殺されたりせぬようにしなければ、と。

それなのに、丹吾が自死するなどあり得ない。本当に自死なのか、と富士太郎は疑わざるを得ない。

定廻り同心が、こうも次々に命を落とすなど、偶然であるわけがない。

坂巻十蔵、大田源五郎、久保崎丹吾。

三人の明るい笑顔が思い出される。

くそう。富士太郎は涙が出てきた。ここ最近、泣いてばかりだ。

富士太郎たちは南町奉行所を出て、八丁堀の久保崎屋敷に向かった。富士太郎は、大門のところにいた珠吉と一緒に歩いた。

すぐに久保崎屋敷に着いた。

富士太郎は愕然とした。せざるを得なかった。検死医師の検死がすんだ後らしく、丹吾は家人の手によって布団に横たえられていたのだ。白布が顔にかけられていた。

丹吾の父と母、妻、祖母、幼い弟が丹吾の亡骸を前にして泣いていた。

どうやら昨日の夜半、寝ていた丹吾は厠に行ったらしいのだ。妻の育世《いくよ》は、一度は目を覚ましたものの、すぐに寝入ってしまったという。深更に丹吾が厠に行くのはいつものことだったからだ。

朝になって起きたら、隣の寝床が空であることに育世は気づいた。主人はどこに行ったのだろう、と屋敷内を捜してみたところ、庭の松の木で首を吊っていたそうだ。

「昨晩も別にふさぎ込んだりしてはいなかったのです。坂巻さまの通夜があり、大田さまが亡くなったことで、少しだけ落ち込んではいましたが、だからといって自死するようには見えませんでした」

涙ながらに育世が富士太郎たちに訴えた。

——久保崎さんは、本当に死んでしまったのだね。

富士太郎にはどういうことなのか、さっぱりわからない。

——いや、わからないなんてことはないよ。やはり、これは自死じゃないよ。久保崎さんは殺されたんだよ。まちがいないよ。

下手人はこの屋敷の庭にひそんでいた。むろん、丹吾が深更にいつも厠に行くことを知っていたのだ。厠につながる廊下は裏庭に面しており、雨戸が閉まるようにはなっていない。庭にひそむ者が半分寝ぼけて厠に行く者を音もなく気絶させることは、さして難しいことではないだろう。

——まちがいないよ。久保崎さんは殺されたんだ。荒俣さまにこのことをすぐに知らせなければ。

富士太郎は誠左衛門たちに断り、久保崎屋敷をあとにした。

道々、自分の考えを珠吉に話しながら、富士太郎は南町奉行所に戻ってきた。土岐之助の部屋に行ったが、そこは無人だった。

——あれ、おかしいな。どこにおられるのだろう。

富士太郎は首をひねった。

そのとき、土岐之助づきの小者である住吉《じゅうきち》が廊下をこちらにやってくるのが見えた。富士太郎のほうから近づいていき、住吉に声をかけた。

「ああ、荒俣さまですが……」

力なくいって住吉がうなだれる。その住吉のさまを目の当たりにして、富士太郎はぎくりとした。

——まさか荒俣さまの身にもなにかあったんじゃないだろうね。

「荒俣さまがどうしたんだい」

声を荒らげて富士太郎はたずねた。

「出仕差し控えの処分を受けられました」

「なんだって。出仕差し控え……」

「さようでございます」

「じゃあ、今朝は出仕なされていないのかい」

「はい、お屋敷で謹慎されていらっしゃるはずです」

「なんでまたそんなことになったんだい」

「こたびの町人に対する税に反対されて、御奉行に諫言《かんげん》なされたからと聞いております」

つまり、と富士太郎は思った。荒俣さまは御奉行の逆鱗《げきりん》に触れたんだね。

——こんなときになんてことだろう。

富士太郎は暗澹とせざるを得ない。

「出仕差し控えはいつまでだい」

「今のところ無期限とのことでございます」

御奉行の怒りが解けるまでかい、と富士太郎は思った。

——そうなると、いつ出仕がかなうか、本当にわからないね。今夜にでもこっそりと荒俣さまを見舞ってみようかな。

いや、どうだろうか。

もしひそかに屋敷を訪問したことが露見した場合、土岐之助に迷惑をかけることになる。なにか必要があれば、土岐之助のほうから富士太郎を呼ぶのではないか。そんな気がした。

——とにかく今は久保崎さんを殺した下手人を挙げなきゃいけないよ。

急ぎ足で富士太郎は大門に戻り、土岐之助にどんな処分が下ったか、珠吉に話した。

「出仕差し控えですかい」

さすがに珠吉も暗い顔つきになった。

「でも、すぐにそんな処分は解けるに決まっているさ。——珠吉、さっきも話したけど、おいらたちは久保崎さんを殺した下手人を捕まえるよ。わかったかい」

「ええ、わかってやすよ。旦那、ところでどういうふうに調べるつもりですかい」

「うん、誘おうと思っているんだ」

「えっ、なにをですかい」

「こうも続けざまに定廻り同心が命を落とすというのは、珠吉、偶然じゃないよ」

「ええ、あっしもそう思いやす」

富士太郎を見つめて、珠吉がはっとする。

「旦那は、自らを囮《おとり》にするつもりですかい」

「そうだよ。次に狙われるのは青口さんかおいらだものね。それなら、おいらを狙いやすくしてやろうと思ってさ」

「大丈夫ですかい」

珠吉は案じ顔だ。

「珠吉がそばについていてくれれば、きっと大丈夫さ」

「あっしがそばについていて、旦那を狙ってきやすかね」

そうだね、と富士太郎はいった。

「もしかしたら、狙ってこないかもしれないね。おいらが、屋敷でくつろいでいるときが最も危ういかもしれないよ」

「ああ、そうでやすね。でしたら、用心棒がほしいところでやすね」

「用心棒か。いたら、心強いね。直之進さんが一番いいけど、今は秀士館の指南役だものね。倉田さんも同じか。琢ノ介さんも本業が忙しいだろうから、頼めないね」

「でしたら、米田屋《よねだや》さんに紹介してもらったらどうですかい。口入屋《くちいれや》ですから、いい用心棒を紹介してくれるんじゃないですかい」

「うん、そうだね。じゃあ、これから行ってみようか。米田屋さんは、おいらたちの縄張内にあるしさ」

「それがいいでやすよ」

富士太郎と珠吉は連れ立って歩きはじめた。

付近の気配には十分に気をつけている。

ただし、同僚が次々に非業の死を遂げたときだからこそ、平静を保たなければならないよ、と富士太郎は自らを戒めている。

——おや。

富士太郎は背後に怪しい気配を覚えた。

——誰かおいらをつけていないかい。

「珠吉」

前を行く忠実な中間に、富士太郎はひそやかな声をかけた。

「どうかしましたかい」

珠吉がちらりと振り向いた。

「そのまさりげない顔で聞いておくれよ。誰かがつけてきている気がするんだよ」

「確かめやしたかい」

「ううん、気づかないふりをしているほうがいいと思ってさ、なにもしていないよ」

「さいですかい」

そういって珠吉が前を向いた。

「でしたら、旦那、その角を曲がって様子を見やせんか」

前方を見据えて珠吉が提案してきた。

「そいつはいいね。その角だね」

すでに目当ての角は、二間ばかり先に迫っている。

富士太郎と珠吉はわざとらしくならないように、酒問屋と呉服屋に挟まれた角を左に折れた。すぐに用水桶の陰に身をひそめる。富士太郎たちを追いかけて角を曲がってくる者を、息を殺して待った。

「あれ」

やってきた者を見て、富士太郎の口から声が漏れた。珠吉もびっくりしている。富士太郎はすぐに立ち上がり、用水桶の陰を出た。

「米田屋さん」

富士太郎は声をかけた。

「あっ」

富士太郎を見つめて、琢ノ介が驚きの顔を見せる。今日は商人の恰好ではなく髷まで変えて、浪人のように着流しで、一本差という風体をしている。米田屋に婿入りする前、琢ノ介はいつもこんな形《なり》をしていた。見慣れた姿であるが、富士太郎は懐かしさを覚えた。

「ばれちまったか」

琢ノ介は汗だくになっている。腰に下げた手ぬぐいを手に取り、汗をぬぐいはじめた。

「ふう、暑い。たまらんな」

富士太郎は琢ノ介をじっと見た。

「まさか米田屋さんがそれがしの命を狙っているわけじゃありませんよね」

「当たり前だ。わしは用心棒のつもりで富士太郎のあとをつけていたんだ」

「えっ、そうなのですか」

「うむ、そうだ」

琢ノ介が深くうなずいた。すっかり米田屋のあるじとしての貫禄が身についているように、富士太郎には見えた。

「噂で聞いたが、なにしろ樺太郎の同僚が、続けざまに二人も殺されたそうじゃないか。それで警護についてやろうと思ったのだ」

「米田屋さん、実は、今朝で三人目になりました」

久保崎丹吾のことを思い出し、富士太郎は切ない思いに全身が包まれた。

「なに」

どういうことがあったか、富士太郎は気持ちを奮い立たせて琢ノ介に説明した。富士太郎の言葉を聞き終えて、ふむう、と琢ノ介がうなった。

「もう同僚が三人も死んだことになるのか。やはり、わしがにらんだ通り、これは偶然などではないな。なんらかの力が働いているにちがいあるまい」

「なんらかの力ですか」

「何者かが陰謀を企んでおるのだ」

目を光らせて琢ノ介が断言した。

「ええ、それがしもそれは感じます。それで、米田屋さんに用心棒を紹介してもらおうと思っていたのですよ」

「なんだ、用心棒ならわしがついてやる」

「でも、商売のほうは大丈夫ですか」

「商売などはどうにでもなる。わしが何日か休んだくらいで、傾くような商売はしておらんよ」

米田屋の商いが順調なのは、富士太郎も知っている。なにしろつい最近、店の隣の敷地を買い取ったくらいなのだ。

琢ノ介は、意外にといってはなんだが、やり手なのである。侍より商売人のほうが向いているのは、まちがいない。

「それに、わしにとっては樺太郎のほうが商売よりもずっと大事よ」

「えっ、本当ですか」

「こんなことで、嘘をいうものか」

あまりにありがたくて、富士太郎は涙が出そうになった。

「ところで米田屋さん、いつからそれがしの警護についてくれていたんですか」

「今朝からだ。番所に行ったら、ちょうど門のところで樺太郎と珠吉が話しているのが見えたんだ。しかし、樺太郎にあっさりとつけているのを見破られてしまうなど、わしの腕も落ちたものよ。それとも、樺太郎の腕が上がったのかな」

「それがしの腕が上がったのですよ。――でも米田屋さん、それがしの名は樺太郎ではありません」

「おう、そうだったな。樺山富士太郎だった。すまんな、つい慣れ親しんだ呼び方をしてしまうんだ」

侍よりも商人のほうが向いているといっても、剣の腕は富士太郎とは比べるまでもない。直之進も、守りに徹したときの琢ノ介の剣は粘り強く、侮《あなど》りがたい、と評しているくらいなのだ。用心棒として頼りになるのはまちがいない。

「米田屋さん、お言葉に甘えさせてもらって本当にいいんですか」

「当たり前だ。そのためにわしはここにいるんだからな」

「ありがとうございます。どうか、よろしくお願いします」

「任せておけ、樺、じゃなかった、富士太郎」

琢ノ介が、どん、と強く胸を叩いて、顔をしかめた。

五間ほどの距離を置いて、琢ノ介がついてくる。

なんらかの力か、と歩きながら富士太郎は思案した。それは町奉行のことになるのか。

朝山越前守幸貞は与力に諮《はか》ることなく定廻り同心を決めている。それも、あまり評判のよくない者たちばかりだ。この分なら、久保崎丹吾の後釜もすぐに決まるのだろう。

――岡高さんや諫早さんは、御奉行の息がかかってるのかもしれないねえ。だが、息のかかった者を定廻り同心にして、どうする気なのか。なにかいいことがあるのだろうか。

ないことはない。代々頼《だいだいだの》みというものがまず考えられる。大名や旗本の家臣が江戸市中で不祥事を起こしたときなどに表沙汰にせず、内々ですませられるようにと、懇意の与力や同心をつくっておくことをいう。担当する大名や旗本から盆暮れの付け届けが滞《とどこお》ることは決してない。その一部が御奉行の懐に入るとしたら、どうだろう。

しかし、付け届けなどで大金を手にしているのは、同心ではなく与力である。大大名は、町奉行所の与力を代々頼みとしていることがほとんどなのだ。

――おや。

いつしか琢ノ介の姿が見えなくなっていることに富士太郎は気づいた。知り合いにでも会ったのか。

「米田屋さんがいないよ」

富士太郎にいわれ、前を行く珠吉が振り向いた。

「ああ、本当でやすね。でも旦那、米田屋さんなりになにかお考えがあって姿を隠されたんじゃないですかね」

「ああ、そうかもしれないね。よし珠吉、このまま行こう」

「へい、合点で」

富士太郎たちは、縄張を目指して再び歩きはじめた。

――なにかあったんじゃなきゃいいけど。

気にかかったが、富士太郎は琢ノ介のことを信じた。相変わらずの蒸し暑さに、汗が湧くようにどくどくと出てくる。

――早く涼しくなってもらいたいよ。

どんよりとした雲に重く閉ざされた空を見て、富士太郎は願った。

そのとき背中から体を押されたような気がして富士太郎は、なんだろう、と振り返った。

ほんの一間先に一人の男が立っていた。

「青口さん」

どうしてここに、と問おうとして富士太郎はとどまった。

青口誠左衛門の目が熱に浮かされたように血走っていたからだ。その目で誠左衛門は富士太郎を凝視している。

——またあの目だ。おさんと同じ、あの目だ。

「死ねっ」

誠左衛門は抜刀するや、富士太郎に斬りかかってきた。

「うわっ」

まさか、こんな真っ昼間の町中で、誠左衛門が襲ってくるとは富士太郎は夢にも思っていなかった。それでも、誠左衛門の一撃目はなんとかかわした。さすがに南町奉行所一の剣客といわれるだけに、袈裟懸けは目にもとまらない速さだ。刀尖《とうせん》が体をかすめていったが、勘だけで富士太郎はよけてみせたのだ。

——危なかったよ。

富士太郎は冷や汗が出たのを感じた。

「旦那、大丈夫ですか」

珠吉が叫んだ。

「富士太郎、怪我はないか」

大声を発して琢ノ介が駆けつけてきた。すでに刀を抜いており、誠左衛門の前に立ちはだかる。

──助かった。

富士太郎には琢ノ介が百万の味方に思えた。

斬り合いだあ、斬り合いだぜ、と大勢の町人たちが騒ぎ出し、まわりを取り囲む。

「米田屋さん、大丈夫ですか」

富士太郎には、琢ノ介の背中がやけにたくましく見えた。

「任せておけ」

琢ノ介は自信満々に見えた。久しぶりに刀を抜いて、子供のようにわくわくしているように富士太郎には感じられた。

「富士太郎、珠吉、わしのそばを離れるんじゃないぞ」

琢ノ介の言葉には有無をいわさぬ迫力があった。正眼に置いたその構えには隙がない。

「米田屋さん、殺さないでくださいね」

小声で富士太郎は頼み込んだ。

「わかっておる」

余裕を感じさせる声で琢ノ介がいった。

「どうりゃあ」

腹に響くような気合を発して、誠左衛門が袈裟懸けに斬り込んできた。

その場を動かず、琢ノ介は刀を斜めに掲げる。ぎん、と音がし、誠左衛門の袈裟懸けががっちりと受け止められた。

誠左衛門が刀で琢ノ介を押そうとする。刀の峰で誠左衛門の斬撃を受けた琢ノ介が刀尖を下向きにした。

すると、すー、と誠左衛門の刀が下に滑りはじめた。そのために、わずかに体勢を崩した誠左衛門があわてて刀を引こうとした。

富士太郎は、誠左衛門のその動きにほころびを見た。むろん、誠左衛門の刀を受け止めた琢ノ介の狙いはそれだったのだろう。鋭く踏み出すや、刀を振るった。

どす、と鈍い音が富士太郎の耳を打った。

琢ノ介の刀がまともに誠左衛門の腹に入っていた。琢ノ介がすぐさま刀を引いて後ろに下がり、再び正眼に構える。

ううう、とうめいて誠左衛門が両膝をついた。刀を放り出し、身もだえしはじめた。息が詰まっているのだ。

すげえ、強いねえ、と野次馬たちから感嘆の声が漏れる。富士太郎も、琢ノ介の予期せぬ強さに驚きを隠せない。さすがに死地を何度もくぐり抜けてきただけのことはある。

「大丈夫ですか、死んでしまいませんか」

もがき苦しんでいる誠左衛門を見つめて、富士太郎は琢ノ介にきいた。

「峰打ちだ。死にはせん」

琢ノ介が、誠左衛門の刀を蹴り飛ばした。刀は商家の塀のそばに飛んでいった。そこは、ぽっかりと穴が空いたように野次馬のいない場所である。

「珠吉、捕縄はあるな」

琢ノ介が珠吉にたずねた。

「もちろんです」

「それならよい。富士太郎」

琢ノ介が呼びかけてきた。

「珠吉に命を下せ」

「ああ、はい、そうでしたね。――珠吉、縄を打ちな」

へい、と答えて、腰から捕縄を取り出した珠吉が誠左衛門に近づく。失礼いたしやす、といって誠左衛門に縛めをした。

「この男は番所の同心だな。富士太郎の同僚だろう」

「はい、定廻り同心です」

「なにゆえこのような真似をしたのだ」

「わかりません」

富士太郎は呆然として、かぶりを振った。

「米田屋さん、ありがとうございました。おかげで助かりました」

琢ノ介の腕はまったく落ちていない。富士太郎には、むしろ上がっているのではないか、と思えた。

「富士太郎を救おうと必死だった。普段以上の力が出たのは確かなようだ」

ふう、と琢ノ介が息をついた。

「米田屋さん、怪我はありませんか」

「ああ、ない。平気だ。しかし怪しい気配を嗅いで、どこから狙っているか確かめようと身を隠したのだが、気づいたときにはこの男、富士太郎のすぐそばにいやがった。肝を冷やした。富士太郎が一撃目をかわしてくれて、ほっとしたよ」

富士太郎の後ろを歩いていた琢ノ介は殺気を感じ取り、それであえて姿を隠してみせたのだ。刺客《しかく》を誘ったのである。

「いきなり斬りかかられてびっくりしましたけど、なんとなく斬撃は見えていました」

「富士太郎も腕を上げたようだな」

「そうですかね」

「うむ、大したものだ」

「ありがとうございます。でも米田屋さん、それがしのために無理はしないでくださいね」

「いや、無理でもなんでもするさ」

こともなげにいって琢ノ介がにかっと笑う。

「樺太郎も守れずに生き長らえて、いったいなんの友垣か」

その琢ノ介の言葉に富士太郎はしびれた。今日はことのほか琢ノ介が恰好よく見えた。

その夜、富士太郎が寝につこうとしていたとき、屋敷の裏口に客があった。

応対に出た智代によると、荒俣土岐之助からの使いだという。

えっ、と驚いたが、富士太郎はすぐさま着替えをすませて裏口に赴いた。

屋敷内には入らず、土岐之助の家士が路上に提灯もつけずに立っていた。富士太郎もよく知っている若者で、名は柴崎日之介《しばざきひのすけ》といった。

「殿が樺山さまにいらしてほしい、とおっしゃっております」

日之介が小声で告げた。

「今からだね」

はい、と日之介がうなずいた。

裏口をそっと抜け出た富士太郎は日之介とともに歩きはじめた。

同じ八丁堀の組屋敷内だ。すぐに荒俣屋敷に着いた。裏口ではなく、裏手のほうの塀の破れ目から富士太郎たちは屋敷内に入った。

「すみません、こんなところからで」

日之介がすまなそうにいう。

「いいんだよ。でもこんなところがあったんだね。知らなかったよ」

母屋にも裏のほうから上がった富士太郎は座敷に通された。行灯が一つ、控えめな明かりを投げている。

すでに土岐之助が座していた。

「よく来てくれた」

いえ、といって富士太郎は土岐之助の向かいに座った。

「時が惜しいので前置きはせぬ。富士太郎、わしは朝山越前守さまを操っている者がいるのではないかとにらんでおる」

眉間に深いしわを寄せて土岐之助がいった。

「わしはどうもそんな気がしてならぬ」

富士太郎は今日の出来事を語った。

「青口誠左衛門が富士太郎を襲っただと。怪我はなかったのだな」

はい、と富士太郎はうなずいた。

「青口さんも含め、これまで捕らえた者たちは、坂巻さんを手にかけたおさんを初めとして熱に浮かされたような血走った目をした者ばかりです。大田さんを殺した罪で捕らえた南岳真弥斎だけは、そのような目をしておりません。おそらくあの男は罠にかけられたのでしょう。御奉行も同じ目をしています。それがしも、誰かに皆が操られていると思います」

「黒幕がおるな。公儀の要人かもしれぬし、そうでないかもしれぬ」

ふむ、と息をついて土岐之助がかたく腕組みをする。

「その黒幕は妖術、幻術の類を用いているのではあるまいか」

「幻術使いですか……」

「熱に浮かされたような目というのは、そういうことではないかな。青口も妖術に操られたのではないか。これまでの下手人すべてに近づき、術をかけた者がいるのだ」

長居は無用だ。富士太郎は荒俣屋敷を出ると、提灯を灯すことなく樺山屋敷に一人向かった。

――黒幕は誰なんだろう。

道すがら、そんなことを考えていると、突如全身が殺気に包まれた。

――うわ、なんだい。

背後から刀が振られたのを富士太郎は感じた。紛れもなく豪剣だった。

――こいつだよ。

富士太郎は、暗闇の中に身を投げ出しながら確信した。

――この者こそ大田さんを斬り殺したやつにちがいないよ。

「富士太郎っ」

叫んで近づいてきた者がいた。

――米田屋さんの声だ。

琢ノ介らしい影が富士太郎の前に立った。刀を正眼に構え、刺客と相対している。刺客は覆面をしている。全身黒ずくめの恰好だ。

「米田屋さん、み、店に帰ったんじゃないんですか」

富士太郎は自分の声が震えているのに気づいた。唇も震えている。それだけ今の斬撃は強烈で、怖かったのだ。昼間の誠左衛門の斬撃とはものがちがった。よけられたのが奇跡に近い。もし源五郎のように酒を入れていたら、確実に死んでいた。

「出合え、出合え」

いきなり琢ノ介が大声を出した。

「曲者《くせもの》だぞ。捕らえろ、捕らえるんだ」

ここは八丁堀の組屋敷内である。まわりに住んでいるのは町奉行所の与力や同心ばかりなのだ。

くっ、と琢ノ介の意図を覚った刺客が奥歯を嚙み締めたのを富士太郎は覚った。

塚ノ介の声に応じ、まわりの屋敷から次々に人が出てきた。

それを見て刺客は体をひるがえし、闇に姿を消した。

富士太郎はほっとして体から力が抜けた。

「米田屋さん、ありがとうございます。おかげさまで生き長らえることができました」

「いや、一撃目をかわした富士太郎がえらかったのさ」

塚ノ介が頭でも痛いかのように顔をしかめているのに富士太郎は気づいた。

「でも米田屋さんが来てくれなかったら、それがしは死んでいました」

塚ノ介がにやりとしたが、それは無理につくった笑みに富士太郎には見えた。

「昼間もいっただろう。樺太郎を救えずに生き長らえてなんのための友垣か。それにな、樺太郎に死なれたら、江戸の町が物騒になるからな」

「いえ、米田屋さん、それはいくらなんでも大袈裟すぎますよ」

「そんなことはない。おまえはもうそれだけの男なんだ。おまえを救えたことを、わしは誇りに思っておる」

こんなに塚ノ介がたくましく見えたことは、これまでなかった。

「ところで今のは何者だ」

眉根を寄せ、琢ノ介が少し苦しげにいった。

「わかりません」

「見覚えはないか」

「覆面をしていましたし」

「そうだな。体つきはどうだ」

「すみません」

「暗いしな、仕方あるまい。まあ、謝ることはない。富士太郎、とにかく無事でよかった」

まわりの屋敷からぞろぞろと出てきた町奉行所の者たちが、なにがあった、どうしたのだ、と富士太郎にききはじめた。

質問攻めに遭った富士太郎は丁寧に応じつつ、琢ノ介を見つめていた。

――琢ノ介さん、大好きだよ。知り合えて本当によかった。

心の中でそっと告げた。

その途端、うっ、とうなって琢ノ介がくずおれた。

「米田屋さんっ」

富士太郎は叫び、すぐさまひざまずいた。

「どうしたんですか」

「わ、わからん。急に胸が苦しくなった」

顔をしかめ、琢ノ介は息をあえがせている。脂汗をだらだら流していた。

「いま、お医者を呼びます」

琢ノ介を抱き締め、富士太郎はまわりの者を仰ぎ見た。

「いま呼んでまいる」

一人の男が闇に向かって駆け出した。

四

一日の稽古を終え、直之進は佐之助と連れ立って秀士館を出た。

向かったのは鎌幸の家である。貞柳斎に会うのが目的だった。

直之進が訪ねてきたことで貞柳斎は、鎌幸が見つかったのではないか、という期待を抱いたようだ。

「すまぬな、まだ見つかっておらぬのだ」

佐之助を貞柳斎とせがれの迅究に紹介しつつ、直之進は謝った。

貞柳斎と迅究は憔悴しきっている。一刻も早く鎌幸を捜し出さねば、と直之進は思った。

ところで、といって直之進は貞柳斎に問いをぶつけた。

「三人田が双子であるという話を鎌幸から聞いたことはないか」

「えっ、双子ですか」

貞柳斎も迅究も驚いている。

「詳しくは知らぬが、確かに三人田は双子の剣という噂があったのう」

「まことか」

「鎌幸さんが前にいっておった。あくまでも噂だがのう」

「噂か」

「湯瀬さんは、もう一本の三人田を見たのか」

まじまじと見つめて貞柳斎がきいてきた。

「うむ、目の当たりにした。邪悪な気を発していた」

「邪悪な気を……」

貞柳斎が眉根を寄せた。

「三人田はのう、源氏の血を引いた者が持つことを許される剣といわれておってのう」

「源氏か。ならば、俺には資格がないな」

「いや、三人田は湯瀬さんのそばにいられることを喜んでいるように見える。湯瀬さんはもとをたどれば源氏の一族なのではないかのう」

今日も直之進は三人田を腰に帯びている。

「いや、聞いたことがないな」

「さようか。藤原勝丸の鍛えた三人田はのう、戦国時代に駿河や遠江《とおとうみ》、三河《みかわ》をおさめていた今川家の持ち物じゃった。今川家はれっきとした源氏でのう」

「確かにその通りだ」

大名としての今川家は戦国時代に滅びたが、今もその血はしっかりと続いており、今川本家とその分家である品川《しながわ》家は公儀から高家《こうけ》として遇されている。ほかにも一族の血を引く旗本家があるという話を聞いたことがあるが、詳しいことは直之進も知らない。

「では、邪悪な三人田を持つ者も源家《げんけ》の血を引いているということか」

これは佐之助がきいた。

「そういうことになるのう」

少し戸惑いながらも貞柳斎が答えた。

これ以上、貞柳斎たちにきくことはなかった。必ず鎌幸を連れ戻すゆえ待っていてくれ、といい置いて直之進と佐之助は貞柳斎たちの前を辞した。

次に直之進たちが足を向けたのは、昨晩、忍び込んだ例の屋敷である。

すでに闇が江戸の町を覆いはじめていたが、直之進たちは谷中片町の町役人《ちょうやくにん》を訪ね、屋敷の持ち主についてきいた。

だが、町役人も大したことは知らなかった。今はどこぞの武家のものではないか、というだけだ。その武家が誰なのか、わからないとのことだった。

ついでに屋敷の表側にある戯作者もどきの戸鳴鳴雄の家を訪ねてみた。なにか思い出したことはないか、きこうと思ったのだ。

しかし、鳴雄は不在だった。

「この家の持ち主は何者だ」

鳴雄の家を見上げて佐之助がたずねてきた。

直之進は戸鳴の経緯《いきさつ》を話した。

「この家はいやな気を発しておらぬか」

「そうか」

「湯瀬は感じぬか」

「裏の屋敷から出ているものだと思っていたが、この家か」

「俺はそう思う。戸鳴鳴雄という男は怪しいのではないか」

「ならば、調べてみるか」

「今日は遅い。明日にしよう。明日、俺は非番だからな」

「俺はいらぬのか」

「戸鳴鳴雄のことを調べるくらい、俺一人で十分だ」

佐之助が自信たっぷりに請け合った。


翌日、朝早くから佐之助は一人で動きはじめた。

昨日のうちに直之進が知る限りのことは、教えられている。

鳴雄がどこの版元とつき合っているかも聞いている。直之進の言葉をもとに、人相書も描いた。

まず佐之助は富束屋という日本橋の版元のあるじである御津兵衛に会うことにした。約束はなかったが、御津兵衛は気軽に面会してくれた。

「鳴雄さんですか」

御津兵衛は気むずかしげな顔をした。

「いい人ですが、ちょっと翳がありますな。あの翳がむしろ戯作にでてくれば、ずっとよいものができると思いますが、今のところはうまくいっておりません」

「鳴雄に戯作者としての見込みはあるのか」

「こういってはなんですが、あまり才能はありませんな。しかし、とても熱心なところは買えます。あきらめないのは、とてもよいことですよ。あきらめたらそれまでですからね。手前は鳴雄さんにいつも厳しいことをいっておりますが、その程度でやめてしまうようなら、そこまでの覚悟でしかなかったということです。それでは戯作者で食っていけるはずもない。はなから向いていないということですね。なにがあっても食らいついてくる者だけが、この世界では大成するのですよ。この世界に限らないかもしれませんが」

唇を湿らせて御津兵衛がなおも続ける。

「鳴雄さんがつくる話は、人間洞察の面でかなり物足りないのですよ。共感できるところがまったくない。独りよがりといってよい。独りよがりは一番よくない。読み手のことをまったく考えていないことになりますからね」

そのあたりのことは佐之助にもわかるような気がした。

「戸鳴鳴雄はどこの出かな」

「鳴雄さんの出自に関しては、手前は存じ上げません」

「知っている者はいるかな」

さようですね、といって御津兵衛が考え込んだ。

「鳴雄さんがほかにも草稿を持ち込んでいる版元がありますから、そちらでお話を聞かれたらいかがでしょう」

御津兵衛が紹介してくれたのは、斗隈屋《とくまや》という版元だった。富東屋からさほど離れているわけではなかった。

丁重な物腰の勝右衛門《かつえもん》というあるじに会い、佐之助はさっそく話を聞いた。

「ええ、戸鳴鳴雄さんのことは存じておりますよ」

にこにこと人のよさそうな笑みを浮かべて勝右衛門が答えた。

「出がどこか、知っているか」

「いえ、鳴雄さんの出自までは存じ上げません。申し訳ありません」

「いや、謝ることはない」

いきなり手がかりが途絶えたか、と佐之助は思った。

ああ、と勝右衛門が声を上げた。

「どうした」

なにか思い出したのか、と佐之助は期待を抱いて勝右衛門を見守った。

「もしかすると、鳴雄さんは阿波《あわ》から出てきたのかもしれませんよ」

「鳴戸《なると》の渦潮《うずしお》で知られた阿波か。なにゆえそう思う」

勢い込んで佐之助はたずねた。

「あれはいつでしたか、作品を持ってきた鳴雄さんを店の外まで出て見送ったとき、撫養《むや》ではないか、と鳴雄さんに声をかけてきたお侍がいらっしゃったのです」

「鳴雄は侍に声をかけられたのか」

「はい、うちでは書物の小売りもしております。よく来てくださるお侍でございます」

「その侍は何者だ」

「蜂須賀《はちすか》さまの御家中でございます」

阿波国は蜂須賀家の領国である。

「勤番侍か」

「さようです」

「名は」

「申し訳ありません。お名までは存じ上げません」

そうか、と佐之助はいった。うつむき、しばし思案した。

――蜂須賀家ならば、なんとかなるかもしれぬ。

「撫養という姓が阿波国に多いことは、まちがいないようですね」

佐之助は顔を上げ、勝右衛門を見た。

「ほう、よく知っておるな」

「なにかの本に書いてありました。これでも版元の人間ですからな、知識は大切なのですよ」

勝右衛門は相変わらず柔和な笑みをたたえている。

考えてみれば、と佐之助は思った。戸鳴という筆名は鳴戸に通じるではないか。

佐之助は南町奉行所の前を通り過ぎた。

蜂須賀家の上屋敷の前に立つ。この屋敷は南町奉行所の隣にあるのだ。

佐之助は、蜂須賀家の家中に知り合いがいる。在府の者で昔、同じ道場で学んだ間柄である。

名を犬伏田能助《いぬぶしたのすけ》といった。門衛に犬伏の名を出し、面会したい旨を告げた。

「しばしお待ちあれ」

今の佐之助の形は浪人のものではない。しっかりと袴も穿いている。れっきとした侍として通用する姿をしていた。

門衛がすぐに戻ってきた。

「お目にかかるそうです。こちらにどうぞ」

門を入り、佐之助は案内の者の先導で上屋敷内を歩いた。母屋に上げられ、客間らしい部屋に通された。

「こちらでお待ちくだされ」

「かたじけない」

案内の者が襖を閉めて去った。

さほど待つことはなかった。失礼する、と声がし、襖が開いた。

「おっ」

敷居際に立ち、声を発したのは犬伏田能助である。

「まこと倉田ではないか」

懐かしそうに目を細めて田能助が部屋に入ってきた。どかりとあぐらをかく。

「おぬしも膝を崩せ」

「なら、そうさせてもらおう」

佐之助もあぐらをかいた。

「久しぶりだな、倉田。いつ以来だ」

「もう十年は優にたっておるな」

「そうか、そんなにたつか。月日がたつのは早いものだ」

田能助が身を乗り出してきた。

「元気そうだな。少し歳を取ったように見えるが、相変わらず若いな。それで倉田、どうしたのだ。急にわしを訪ねてくるなど」

「ききたいことがあってな」

「ほう、どのようなことだ。答えられることなら、なんでも答えるぞ」

「おぬし、この男を知っておるか」

佐之助は懐から戸鳴鳴雄の人相書を取り出し、田能助に見せた。手に取り、田能助が人相書に目を落とす。真剣に見ている。

「いや、知らぬ」

「撫養という名字らしいのだが」

「撫養か。確かに阿波に多い姓だ。——倉田、少し待ってくれるか。屋敷の者にきいてまいるゆえ」

「それはありがたい」

人相書を手に、田能助が部屋を出ていった。

四半刻ばかりで戻ってきた。

田能助は一人の侍を連れてきていた。

「この人相書を勤番で出てきた者たちに見せて回ったところ、この久次米《くじめ》という者が見知っていた」

「まことか」

端座し直し、佐之助は久次米という男を見つめた。久次米という姓も珍しい。撫養と同様、阿波には多いのかもしれない。

久次米が一礼して入ってきた。佐之助の前に座す。田能助が佐之助を久次米に紹介する。

佐之助は久次米に頭を下げた。久次米も丁重に挨拶を返してきた。

「人相書の男を知っているというのは、まことかな」

佐之助はさっそくたずねた。人相書はいま久次米が持っている。

「知っておりもうす。この人相書の者は撫養知之丞でござる」

「撫養知之丞……」

「撫養家は阿波の旧家で、由緒正しい家でござる」

「源氏の血を引いているのかな」

「引いております」

つまり、と佐之助は思った。三人田の持ち主であっても、なんら不思議はないということだろう。

「久次米どのは、三人田という名を聞いたことがあるかな」

顔を上げ、久次米が佐之助を見直すような目をした。

「いま三人田といわれたか」

「その通り」

「三人田は撫養家累代《るいだい》の太刀でござるよ」

「そうだったのか」

やはり三人田は双子だったのだ。

そして撫養知之丞という男は、鎌幸の持ち物であるもう一振りの三人田を手に入れようとしているのではないか。そうにちがいあるまい。

日暮里の秀士館に戻った佐之助は、探索の結果を直之進に知らせた。

「戸鳴鳴雄は、撫養知之丞というのが本名なのか」

秀士館内の家の客間で直之進がうなるようにいった。

「うむ、どうやら元は侍らしいな」

「あの邪悪な気を放つ三人田は、撫養家累代の太刀だったのか」

「そうだ」

「もう一振りの三人田を手に入れんがために、撫養知之丞はこの俺を襲わせたのだな」

「そうだ。配下に命じてな」

「撫養知之丞はなにゆえ江戸にいるのだ」

それだが、と佐之助はいった。

「撫養家は源氏の血を引きながらも、いつしか蜂須賀家において忍びの家筋になったそうだ」

「撫養知之丞は忍びなのか」

「そうらしい」

佐之助は間を置かずに続けた。

「知之丞の父親である撫養有之助《ゆうのすけ》が仕事上のことでなんらかのしくじりを犯し、主家を致仕する羽目になったそうだ」

「そうか、父親がな」

「阿波にいられなくなった撫養家は一家で江戸に出てきたらしい」

「あの屋敷は撫養知之丞のものか」

「多分そうだろう」

「落ちぶれて阿波を出てきた男の嫡男が、なにゆえそれだけの分限を手に入れることができたのだ。しかもあれだけの配下を自在に使っている」

「とにかく今は謎だらけよ」

佐之助は直之進をじっと見た。

「これから俺たちが力を合わせ、撫養知之丞の企みを暴くのだ」

「うむ、その通りだ」

直之進が賛意をあらわす。

「よいか、湯瀬。三人田にはなんらかの秘密があるはずだ。二振りの三人田をそろえると、なにかとんでもないことが起きるのかもしれぬ。そのことを撫養知之丞という男は知っているにちがいあるまい」

「三人田の秘密か……」

そのことについては、直之進も感じるものがあるにちがいない。

「とにかく、撫養知之丞という男は、なんらかの野望を抱いている。それを阻止するのが、俺たちの役目だ」

佐之助は力強くいった。

そのとき直之進に来客があった。

珠吉だった。

珠吉はため息を一つつくと、琢ノ介が危篤《きとく》であることを告げた。

「お医者によると、明日をも知れぬ容態だそうなのです」

それを聞いて直之進が愕然とする。

佐之助も言葉がなかった。

信じられない。殺しても死にそうにないあの男が危篤とは。なにかのまちがいではないか。

二人はただ顔を見合わせるしかなかった。

この作品は双葉文庫のために書き下ろされました。

双葉文庫

す-08-33

口入屋用心棒《くちいれやようじんぼう》
傀儡子《くぐつし》の糸《いと》

2016年2月13日　第1刷発行

【著者】
鈴木英治《すずきえいじ》

【発行者】
稲垣潔
【発行所】
株式会社双葉社
〒162-8540 東京都新宿区東五軒町3番28号
［電話］03-5261-4818(営業)　03-5261-4833(編集)
www.futabasha.co.jp
(双葉社の書籍・コミックが買えます)
【印刷所】
慶昌堂印刷株式会社
【製本所】
株式会社若林製本工場

【表紙・扉絵】南伸坊
【フォーマット・デザイン】日下潤一
【フォーマットデジタル印字】飯塚隆士

落丁・乱丁の場合は送料双葉社負担でお取り替えいたします。
「製作部」宛にお送りください。
ただし、古書店で購入したものについてはお取り替えできません。
［電話］03-5261-4822(製作部)

定価はカバーに表示してあります。

ISBN978-4-575-66754-7 C0193
Printed in Japan

池波正太郎
熊田十兵衛の仇討ち 本懐編
時代小説短編集
仇討ちの旅に出た熊田十兵衛だが、宿願を果たせぬまま眼を病んでしまう……。表題作ほか珠玉の短編時代小説を六編収録。

鈴木英治
口入屋用心棒1 逃げ水の坂
長編時代小説〈書き下ろし〉
仔細あって木刀しか遣わない浪人、湯瀬直之進は、江戸小日向の口入屋・米田屋光右衛門の用心棒として雇われる。好評シリーズ第一弾。

鈴木英治
口入屋用心棒2 匂い袋の宵
長編時代小説〈書き下ろし〉
湯瀬直之進が口入屋の米田屋光右衛門から請けた仕事は、元旗本の将棋の相手をすることだったが……。好評シリーズ第二弾。

鈴木英治
口入屋用心棒3 鹿威《ししおど》しの夢
長編時代小説〈書き下ろし〉
探し当てた妻千勢から出奔の理由を知らされた直之進は、事件の鍵を握る殺し屋、倉田佐之助の行方を追うが……。好評シリーズ第三弾。

鈴木英治
口入屋用心棒4 夕焼けの甍《いらか》
長編時代小説〈書き下ろし〉
佐之助の行方を追う直之進は、事件の背景にある藩内の勢力争いの真相を探る。折りしも沼里城主が危篤に陥り……。好評シリーズ第四弾。

鈴木英治
口入屋用心棒5 春風《はるかぜ》の太刀
長編時代小説〈書き下ろし〉
深手を負った直之進の傷もようやく癒えはじめた折りも折り、米田屋の長女おあきの亭主甚八が事件に巻き込まれる。好評シリーズ第五弾。

鈴木英治
口入屋用心棒6 仇討ちの朝
長編時代小説〈書き下ろし〉
倅の祥吉を連れておあきが実家の米田屋に戻った。そんな最中、千勢が勤める料亭・料永に不吉な影が忍び寄る。好評シリーズ第六弾。

鈴木英治

口入屋用心棒7 野良犬の夏

長編時代小説〈書き下ろし〉

湯瀬直之進は米の安売りの黒幕・島丘伸之丞を追う的場屋登兵衛の用心棒として、田端の別邸に泊まり込むが……。好評シリーズ第七弾。

鈴木英治

口入屋用心棒8 手向けの花

長編時代小説〈書き下ろし〉

殺し屋・土崎周蔵の手にかかり斬殺された中西道場一門の無念をはらすため、湯瀬直之進は復讐を誓う……。好評シリーズ第八弾。

鈴木英治

口入屋用心棒9 赤富士の空

長編時代小説〈書き下ろし〉

人殺しの廉で南町奉行所定廻り同心・樺山富士太郎が捕縛された。直之進と中間の珠吉は事の真相を探ろうと動き出す。好評シリーズ第九弾。

鈴木英治

口入屋用心棒10 雨上《あめあが》りの宮《みや》

長編時代小説〈書き下ろし〉

死んだ緒加屋増左衛門の素性を確かめるため、探索を開始した湯瀬直之進。次第に明らかになっていく腐米汚職の実態。好評シリーズ第十弾。

鈴木英治

口入屋用心棒11 旅立ちの橋

長編時代小説〈書き下ろし〉

腐米汚職の黒幕堀田備中守を追詰めようと策を練る直之進は、長く病床に伏していた沼里藩主誠興から使いを受ける。好評シリーズ第十一弾。

鈴木英治

口入屋用心棒12 待伏せの渓《たに》

長編時代小説〈書き下ろし〉

堀田備中守の魔の手が故郷沼里にのびたことを知り、江戸を旅立った湯瀬直之進。その道中、直之進を狙う罠が……。シリーズ第十二弾。

鈴木英治

口入屋用心棒13 荒南風《あらはえ》の海

長編時代小説〈書き下ろし〉

腐米汚職の真相を知る島丘伸之丞を捕えた湯瀬直之進は、海路江戸を目指していた。しかし、黒幕堀田備中守が島丘奪還を企み……。

鈴木英治

口入屋用心棒14

乳呑児《ちのみご》の瞳《め》

長編時代小説〈書き下ろし〉

品川宿で姿を消した米田屋光右衛門の行方をさがすため、界隈で探索を開始した湯瀬直之進。一方、江戸でも同じような事件が続発していた。

鈴木英治

口入屋用心棒15

腕試しの辻

長編時代小説〈書き下ろし〉

妻千勢が好意を寄せる佐之助が失踪した。複雑な思いを胸に直之進が探索を開始した矢先、千勢と暮らすお咲希がかどわかされかかる。

鈴木英治

口入屋用心棒16

裏鬼門《うらきもん》の変

長編時代小説〈書き下ろし〉

ある夜、江戸市中に大砲が撃ち込まれる事件が発生した。勘定奉行配下の淀島登兵衛から探索を依頼された湯瀬直之進を待ち受けるのは!?

鈴木英治

口入屋用心棒17

火走《ひばし》りの城

長編時代小説〈書き下ろし〉

湯瀬直之進らの探索を嘲笑うかのように放たれた一発の大砲。賊の真の目的とは？　幕府の威信をかけた戦いが遂に大詰めを迎える！

鈴木英治

口入屋用心棒18

平蜘蛛《ひらぐも》の剣

長編時代小説〈書き下ろし〉

口入屋・山形屋の用心棒となった平川琢ノ介。あるじの警護に加わって早々に手練の刺客に襲われた琢ノ介は、湯瀬直之進に助太刀を頼む。

鈴木英治

口入屋用心棒19

毒飼《どくが》いの罠

長編時代小説〈書き下ろし〉

婚姻の報告をするため、おきくを同道し故郷沼里に向かった湯瀬直之進。一方江戸では樺山富士太郎が元岡っ引殺しの探索に奔走していた。

鈴木英治

口入屋用心棒20

跡継ぎの胤《たね》

長編時代小説〈書き下ろし〉

主君又太郎危篤の報を受け、沼里へ発った湯瀬直之進。跡目をめぐり動き出した様々な思惑、直之進がお家の危機に立ち向かう。

鈴木英治

口入屋用心棒21
闇隠《やみがく》れの刃

長編時代小説〈書き下ろし〉

江戸の町で義賊と噂される窃盗団が跳梁するなか、大店に忍び込もうとする一味と遭遇した佐之助は、賊の用心棒に斬られてしまう。

鈴木英治

口入屋用心棒22
包丁人の首

長編時代小説〈書き下ろし〉

拐かされた弟房興の身を案じ、急遽江戸入りした沼里藩主の真興に隻眼の刺客が襲いかかる！沼里藩の危機に、湯瀬直之進が立ち上がった。

鈴木英治

口入屋用心棒23
身過《みす》ぎの錐《きり》

長編時代小説〈書き下ろし〉

米田屋光右衛門の病が気掛りな湯瀬直之進は、高名な医者雄哲に診察を依頼する。そんな折、平川琢ノ介が富くじで大金を手にするが……。

鈴木英治

口入屋用心棒24
緋木瓜《ひぼけ》の仇《あだ》

長編時代小説〈書き下ろし〉

徐々に体力が回復し、時々出歩くようになった米田屋光右衛門。そんな折り、直之進のもとに光右衛門が根岸の道場で倒れたとの知らせが！

鈴木英治

口入屋用心棒25
守り刀の声

長編時代小説〈書き下ろし〉

老中首座にして腐米騒動の首謀者であった堀田正朝。取り潰しとなった堀田家の残党に盟友和四郎を殺された湯瀬直之進は復讐を誓う。

鈴木英治

口入屋用心棒26
兜割《かぶとわ》りの影

長編時代小説〈書き下ろし〉

江戸市中で幕府勘定方役人が殺された。その惨殺死体を目の当たりにし、相当な手練による犯行と踏んだ湯瀬直之進は探索を開始する。

鈴木英治

口入屋用心棒27
判《はん》じ物《もの》の主《ぬし》

長編時代小説〈書き下ろし〉

呉服商の船越屋岐助から日本橋の料亭に呼び出された湯瀬直之進は、料亭のそばで事切れていた岐助を発見する。シリーズ第二十七弾。